長編新伝奇小説
書下ろし

上《か》遠《ど》野《の》浩《こう》平《へい》

メモリアノイズの流《る》転《てん》現《げん》象《しょう》

NON NOVEL

祥伝社

CONTENTS

Illustration／斎藤岬
Cover Design／かとう みつひこ

生命とはなんであろうか？　それは誰にもわからない。生命が発生して燃えあがる自然の地点は誰にもわからない。この地点以後は、生命の世界に於《お》いて媒介無しに生じる現象、あるいは媒介の不充分な現象はなにひとつ存在しないのだが、生命そのものは媒介無しに存在するのである。生命について言い得ることは、せいぜいのところ生命は頗《すこぶ》る高度に発達した構造を持っていて、無生物界には少しでも生命と比べるようなものはない、ということだけである。

――トーマス・マン〈魔の山〉

「さて――皆さんにここに集まっていただいたのは他でもありません」

千条雅人《せんじようまさと》は、そのただでさえ表情に乏《とぼ》しい顔を薄暗い部屋に揃《そろ》った一同に向けた。

「二十年前に起きたあの忌《い》まわしい事件――杜名賀《もりなが》朋美《ともみ》さん殺害事件の真相を、今こそ解き明かすためにです」

もっともらしく言って、うなずいた。

その場にいる者たちは、さすがにはっきりと言われて驚きの色が隠せない。

だが少し離れて、壁際に背を預けて待機している伊佐俊一《いさしゆんいち》は、そのサングラスの奥の眼をやや細めただけで、特に驚いた様子は見せない。

(――何をやってるんだ、俺は)

彼は、不機嫌だった。


「あー、一応断っておくが」

千条の隣に立っている若い男が口を挟んできた。

「あの事件そのものは迷宮入りにもなっていないし、判決も下っているということは忘れないようにな。皆さんもよろしいですね」

そう言って、集められた一同に向かって上から言いつける。警察関係者で、しかも階級が高いのだから当然だった。この男、神代修《かみしろおさむ》はまだ二十代の若さにして、本庁の警視なのだから。本来ならばキャリアとして、どこぞの地方署の署長を経て、いずれ要職に就《つ》く立場のエリートなのだ。

「しかし、皆さんの心の中にはわだかまりもあるだろう。そういう訳で今回は特例ということで、この場を用意しました」

千条が神代の言葉を継いで、また一同を見回した。

そこにはこの杜名賀家のほぼ全員が集まっていた。

いないのは、孫の、まだ小学生の明彦《あきひこ》くらいだ。

彼が生まれたときにはもちろん、その事件は遠い昔の話である。

「さて――皆さんは〝猿の手〟という物語をご存じでしょうか？」

千条が唐突《とうとつ》に言った。横の神代が澄ましたインテリの顔を思わず崩して、ぎょっとした眼を見せた。こいつ何を言い出すんだ、という表情になった。しかし千条はお構いなしで、

「これは怪奇小説の古典でW・W・ジェイコブズという作家の作品なのですが、大変に暗示的です。三つの願いを叶《かな》えてくれるという不思議な物体〝猿の手〟はしかし、その願いと等価の運命を要求する、という――軽い気持ちから発しただけの願いでも、それがどんな意味を持つのか、その残酷な事実を願い手に突きつけるのです」

気味の悪い話を、完全な無表情で言うので、本人が不気味である。その様子に伊佐は、ひそかにため息を洩《も》らした。

（馬鹿馬鹿しい――）

その感覚が消えないし、また消す気もなかった。

本来、彼と千条のチームが追いかけなければならないのは、こんな何十年も前の殺人事件などではないのだ。生命と等価の宝《キャビネッセンス》を盗む怪盗ペイパーカットの確保こそが、彼らが雇い主であるサーカム財団から命じられていることなのだから。

しかし千条にはまったく、無駄なことに時間を使っていることの焦《あせ》りみたいな気配はなく、淡々と話を続けている。

「今回の事件には、その物語と似たような構造があります。何かを望んだ結果、非常にいびつなものが顕《あらわ》れてしまうのです」

「――君はさっきから、何が言いたいんだね？」

一族の中でも、婿《むこ》養子としてこの家に入った現在の家長である宗佑《そうすけ》が訊《き》いた。彼も、その事件の時には既にこの家の人間であったから、他人事《ひとごと》ではな

い。

「どうも言わんとしていることが摑《つか》めないのだが」

もっともなことを言われたが、千条はそれには一切構わず、

「さて――釘斗《くぎと》博士？」

と、伊佐の隣にいる人物を呼んだ。亜麻《あま》色の髪をして同色の無精髭《ぶしょうひげ》を生やした、年齢不詳の生《なま》っ白《ちろ》い肌のあまり、顔の血管が浮き上がって見えるその白衣の博士は、のっそり、という感じで身を起こした。

そして伊佐の方をちらと見て、にやりと笑った。

「そう仏頂面《ぶっちょうづら》をするな――ロボット探偵の見せ場だぞ？」

彼にだけ聞こえる声で、嫌味《いやみ》っぽく囁《ささや》いてきたので、伊佐はますます厳しい顔になった。ロボット探偵というのは千条雅人の綽名《あだな》で、そして今の状況はさながら名探偵が容疑者たちを集めて謎解きをする、あのような風景にそっくりである。博士は無責任にこの事態を面白《おもしろ》がっているが、元警官である伊佐は、どうも犯罪関係のことを弄《もてあそ》んでいるようなこういう風景は好きになれないのだ。

博士はすぐに真顔《まがお》に戻って、皆が注視する中で、ひとつの荷物を出してきて、それを見えやすいようにテーブルに置いた。

大きさは、二リットルのペットボトルほどの物で、それが銀紙に包まれている。

「なんだね、それは？」

宗佑が訊いてきたが、博士は答えない。代わりに千条がまた話し出す。

「それがいつ、どこで発見されたか、ということについては後ほど説明します。とにかく、それは偽物でも何でもなく、この件に関しての核心を成《な》すものです。博士、開封をお願いします」

釘斗博士はうなずいて、淡々とその銀紙の包みを解いて、中に入っていたプラスチックの箱に施《ほどこ》された封を外していく。何重にも密閉されていて、外気

が触れないように厳重に保管されていた物のようだった。

皆が固唾《かたず》を呑んで、箱の蓋《ふた》が開けられるのを見守る。ただし神代警視は、もともとが警察の証拠として押収したそれを、ここに特別に運ぶ許可を出した本人なので、中に何が入っているのかは知っている。

「…………」

知っているから、彼は少し眼を逸《そ》らした。あまり見て愉快な物ではないからだ。

箱の中から出てきたのは、なにやら枯れ木のような、茶色のカサカサとした棒状の物だった。その片方の先端が、ボール状に丸まっている。

「……なんだ、そのゴミみたいなものは？」

宗佑がもっともなことを訊いた。これに釘斗博士が、何の感懐もないというような冷徹極まる口調で、

「死後二十年が経過した、成人女性の右腕だ」

と言った。

あまりにも普通の声だったので、その場の者たちは彼の言葉の意味が一瞬わからなかった。

「……え？」

ぽかんとしているところに、博士はさらに、

「肘《ひじ》部から分断されている。血液や体液は切断時にほとんどが流れ出たために水分が抜けるのが早く、腐敗現象からは免《まぬが》れたようだ。骨部には損傷もなく、小動物が齧《かじ》ったような痕《あと》もないことから、参照するものさえ充分なら、身元の確認は容易な部類に入るな」

と静かな口調で言った。彼は別に司法解剖を担当する専門医ではないが、人体に関する知識も技術も充分すぎるほどに持っているので、その言葉には誇張も嘘もない。

「…………」

無言だった皆の中で、宗佑の妻である孝子《たかこ》が、

「ま、まさか……それじゃあ、それは……」

と震える声を出した。

「お、おばあちゃんの……？」

その言葉に、千条がうなずいて、

「そうです。あなたの母親で、そちらの麻由美《まゆみ》さんの祖母にあたる杜名賀朋美さんのご遺体の、一部です」

と、およそ感情というものの欠落した声で言った。

「…………」

言われた麻由美は、茫然《ぼうぜん》としていて、そのミイラ状になった手を焦点の合わない眼で見つめているだけだ。

「う、うう……」

がたっ、という音が響いた。思わず座っていた席を蹴《け》って、立ち上がってしまっていたのはその死んだ朋美の夫で、この家の旧家長であった老人、礼治《れいじ》だった。

「そ、そんな馬鹿な……なんで……今さら？」


彼の苦悶《くもん》の呻《うめ》きを殊更《ことさら》に無視するように、千条が冷ややかに、

「さて、皆さんも既におわかりだと思いますが——この腕は」

千条の顔つきに、やや変化が生じ始めていることに気づいた者は、その時点では伊佐と、釘斗博士だけだった。

彼の、その無表情な眼つきはそのままだったが、顔色がやや蒼白になってきていた。顔面という、人とコミュニケーションを取る際に最も活用される箇所の筋肉に、血液がほとんど循環されなくなってきていた。その分はすべて、思考し推理し、決定する脳の方に回されるようになりつつあった。

「その手は、何かを摑んでいる」

言うように、ミイラのボール状にくっついている部分というのは、握りしめた手が一体化してしまっているからだと見て取れた。

「そこに何を握っているのか、自らの死を目前にし

た彼女が、その生命が絶える寸前まで離そうとしなかったものがなんなのか——それがこの事件の鍵を握っている——博士」

千条に指示されると、釘斗博士は無言で、事前の打ち合わせ通りにそのミイラの握りしめられた手に、その指の形に添って慎重に左手に持ったメスを入れ始めた。そして同時に右手に持つピンセットで、その指をじわじわと開いていく。ミイラを崩さないようにその手を開かせるのは極めてデリケートな作業なので、博士ぐらいの繊細な指先を持った人間でないと不可能な仕事だった。

「——うう……」

周囲の者たちは、固唾を呑んでその作業を見守るしかない。

だが——その中で一人だけ、伊佐俊一だけが、ふう、とかすかにため息をついた。

何をやっているんだろうか、とまた思った。

第一、本当にこの事件を解明したのは私立探偵の早見壬敦《はやみみつる》だ。彼は既にこの場にはいない。伊佐も千条も、この件に関しては完全に部外者のはずだ。それなのに——なんだか後から来て、のうのうと偉そうに場を取り仕切っているのが、なんとも阿呆《あほ》らしい。

(くだらん——とんだ茶番だ)

彼が白《しら》けている間にも、博士の作業はどんどん進んでいき、ミイラが握りしめていた小さなものが、白日の光の下に顕れようとしている——。

Phantasm
Phenomenon of
Memoria-Noise

メモリアノイズの流転現象

メモリア【memoria】

ラテン語で「思い出すこと」の意味であり、後にメモリーやメモランダム、メモリアルといった言葉の語源となった。追悼《ついとう》や形見という意味にもつながり、失われていたものが復元されることの全般に至る単語である。

CUT/1
Misturu Hayami

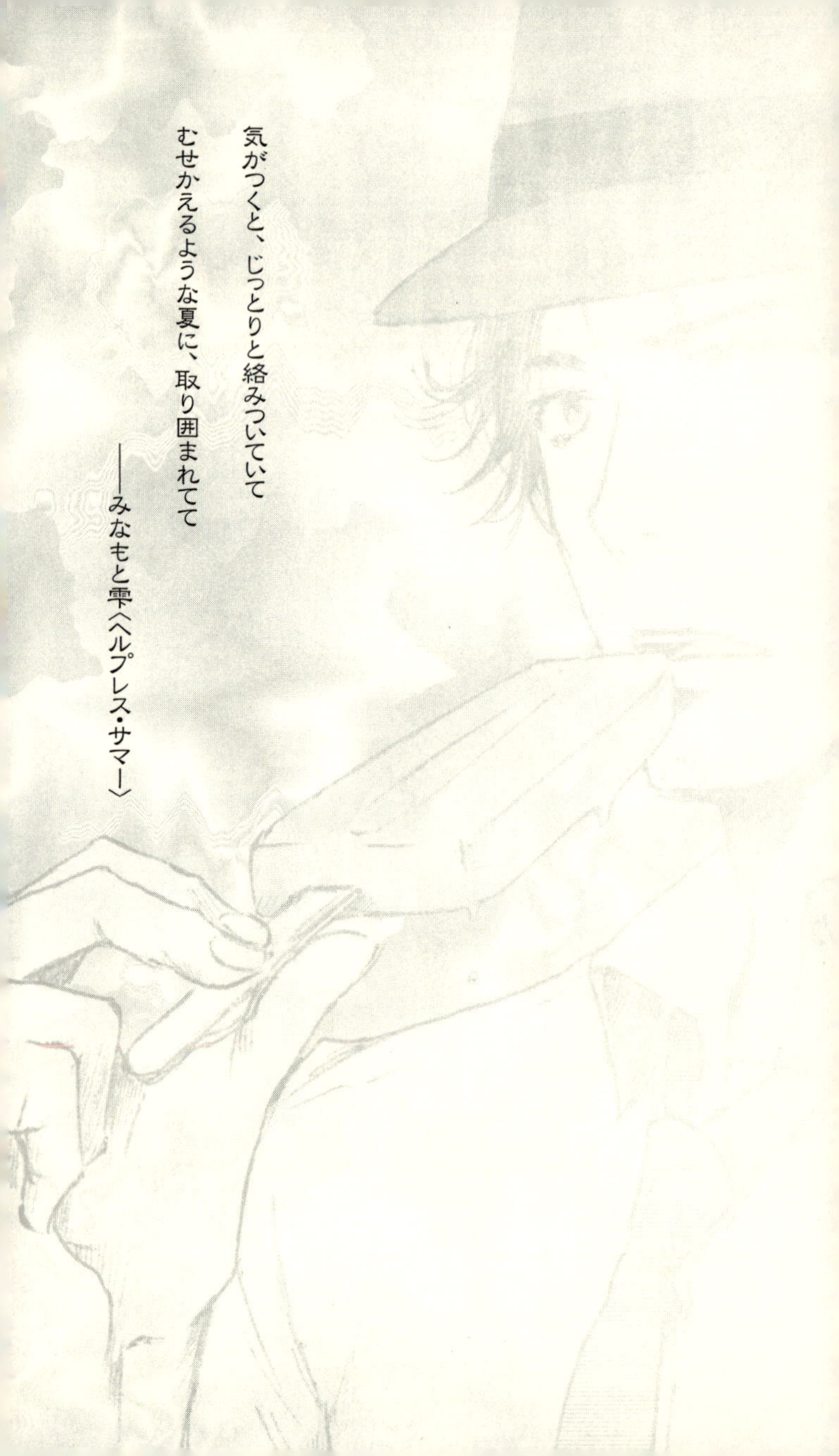

気がつくと、じっとりと絡みついていて
むせかえるような夏に、取り囲まれてて
——みなもと雫〈ヘルプレス・サマー〉

1

「――あー、暑い……」

陽射《ひざ》しが照りつける山道を、早見壬敦はとぼとぼと歩いていた。彼の口には、さっきコンビニで買ったアイスバーが突っ込んであり、イチゴ味のそれは真っ赤な色をしているので、まるで犬が舌を出してはあはあと喘《あえ》いでるようにも見える。また早見自身が、どこか野良犬を思わせるような風貌《ふうぼう》をしていることもそれを手伝っていた。ぼーっと背が高く痩《や》せた彼は、可愛らしく均等の取れた血統種ではなく、だらしなく無駄に身体が大きい雑種犬みたいに見える。

「しっかし――どこまで行きゃいいんだ？」

アイスをがりがり齧りながら、早見は山を見上げた。

もちろん上着はとっくに脱いで、ワイシャツの袖《そで》もめくりあげているが、一応ネクタイは外さずに弛《ゆる》めるだけにしている。所長としての体面というわけだが、しかし無精髭は微妙に伸びているし、アイスを食いながら歩いている時点でそんなものはどこかに行ってしまっているようでもあるが……。

「――ん？」

彼は、道からかなり外れた草むらに、一人の男が立っているのを見つけて、立ち止まった。

どう見ても、土地の者ではない――と思った。

その男は、見るも鮮やかな銀色の髪の毛をしていて、そしてこのくそ暑いというのにコートなどを着込んでいるのだった。

彼が行こうとしている方角とはやや違う方向にある山に眼を向けて、何やら手元で作業をしている。

紙切れにメモを取っているようにも見えるが、それが字を書いているのか、スケッチを取っているのかはよくわからない。

（――なんだ？）

彼は少し興味をそそられて、男のことを観察しようとした——すると、
その銀色の男は、くるっ、と振り向いて、彼の方を見つめてきた。

どこかで会ったかな——というような顔をしている。しかし、無論初対面だ。早見はじろじろ勝手に見ていたので多少は後ろめたくもあり、

「ああ——どうも、暑いですねえ」

と適当な挨拶《あいさつ》を男にした。

するとその男はにっこりと微笑《ほほえ》んで、

「いや、風もありますから。そんなでもないでしょう」

と言ってきた。気さくな調子で、少なくともまずいところを見られたというような感じはなかった。

「なにか調べものですか」

早見は男の手の中の紙切れを見ながらそう訊いた。

「ええ、そんなところですね——あなたも?」

男の問いに、早見は頭を少し掻《か》いて、

「いやあ、どうなんでしょう——まあ仕事で来たんですけどね」

とあいまいな返事をした。すると男は、

「この土地には興味深いことがありますね」

と言ってきた。その口調にはなんの衒《てら》いもなく、早見は、

(学者か——こいつ?)

と思った。知り合いの大学教授とどこか似通った印象があった。

「ははあ、そうですか——そんな風には見えませんが」

早見は山の方を見上げた。木が伐採《ばっさい》され過ぎていて、山はほとんど禿《は》げ上がっている。

しかし男はそんな早見の疑念にも、まったく揺らぐことなく、

「いや、土地は二の次です——いつだって、どこだって最大の問題は、そこにいる人間ですよ」

と落ち着いた口調で言った。早見はなんとなく職業柄、この男に引っかかるものを感じたので、

「ええと——あなたはこの辺の人ではないですよね？」

と訊いてみた。すると男はうなずいて、

「ここの者ではないですね、確かに」

と言った。

「お名前を伺《うかが》ってもよろしいですかね。もしや有名な方ですか？」

早見はわざと、少し不躾《ぶしつけ》な感じで問いかけてみた。目立つ外見から、もしや芸能人かなにかである可能性もあるかな、と思ったのだが、これに男は少し考えるような仕草をして、そして早見の方をじっと見てから、うなずきながら、

「飴屋《あめや》、とでも呼んでください」

と変な名乗り方をした。

「アメヤさん、ですか」

どういう字を書くのかな、と早見はぼんやりと思いながら、手にしていたアイスバーを一舐《ひとな》めした。自分が氷菓子を持っていることと、男が名乗ったことの相関関係はさすがに、脳裡《のうり》に浮かぶはずもなかった。

「あなたは——」

飴屋と名乗ったその男は早見に向かってうなずきかけてきた。

「——かなり、苦労していますね？」

不思議な断定を、唐突にされた。

「は？　そう……ですか？」

意味がよくわからず、早見はなんとなくアゴをさすって無精髭の生え具合を確かめた。そんなにくたびれて見えるのかな、と思ったのだ。

するとと飴屋はやや苦笑気味の表情を見せて、

「ああ——まあ、それがあなたなりの処世術ですかね」

とはぐらかすような言い方をした。

男からは、何の異音も聞こえてこなかった。早見

としては特に警戒すべき何物も、その状況にはなかった。

だがそれでも、早見はなんとなく居心地が悪くなってきたので、それじゃ、とかるく会釈《えしゃく》してその場から去ろうとした。銀色の髪の男もお辞儀を返して、そしてそのまま離れる——と、ふいに早見は自分の方はまったく名乗っていなかったことに気づいた。気になるから話しかけたのに、それでは意味がない——と後ろを振り向いて、

「ああ——そうそう——」

と話しかけようとしたときには、もう男の姿はそこにはなかった。

周囲には、山に通じる道もあるし、岩陰に入ってしまう道もあるから、いなくなっていてもおかしくはないのだろうが——それにしてもずいぶんと鮮やかな消えっぷりだった。

「…………」

早見は、男に渡そうとしてポケットから取り出し掛けていた名刺を、また元の所に戻した。

そしてまた山道を歩き出す。

しばらくそうして、他に誰も通ることのない道をだらだらと歩いていった。アイスはすぐになくなってしまい、もう一本買っとけばよかったな、ああでもすぐに溶けちまうかとかどうでもいいようなことを考えながら進んでいったら、ほとんど唐突という感じで、ぱっ、と開けた場所に出た。

それは再開発されている最中の街並みだった。あちこちで建てかけの家やらマンションが目立つ。全体としてはガヤガヤした印象の風景で、あの寂《さび》れた何にもない山道はなんだったのか、というようなあっさりとした開けぶりだった。

「…………」

早見は後ろを振り向いた。そして辿《たど》ってきた道を反芻《はんすう》する。

「——あー、そっか……あのコンビニんトコで、右に行きゃよかったんだな」

下りた駅もひとつ、余計に進んでしまっていたらしい。やれやれ、と肩をすくめつつも、彼はその街に向かって歩いていった。新しく建てられている建物と、ずいぶんと古くからあるお屋敷が入り交《ま》じっている、奇妙な光景があった。建築途中の場所では人もいるが、それ以外の通りではやはり、あまり人がいなかった。

　そんな道を進んでいくと、いかにも田舎《いなか》の駐在さん、という感じの警官が向こうからやってきたので、早見は、

「あのう、すいません」

　とその人に声を掛けた。

「なんだい、あんた」

　警官は背広姿で山の方から下りてきた早見に、少し胡散臭《うさんくさ》そうなものを見る眼を向けてきた。

　早見はお構いなしで、

「いや、この辺に杜名賀さんってお宅があるはずなんですけど、ご存じでしょうか？」

　と、名刺を出しながら訊《たず》ねた。

「ん？　……興信所？」

　警官は名刺に書かれた、

『メモアール興信所　所長　早見壬敦』

　という文字を見て、ますます訝《いぶか》しそうな顔になった。もっとも所長と言っても、所員は彼だけだが。

「なんだあんた、探偵か？」

「調べものを人に代わってやるだけの仕事ですよ。結論は出しません。それは依頼者に任《まか》せます」

　彼はいつも、この商売のことを人に言うときの決まり文句を口にした。

「専門は民事訴訟関連です」

「こんな田舎に探偵が来るのは珍しいな。私も、都会で勤務していた頃は結構お目に掛かったものだが」

　警官はしげしげと早見を眺めた。怪しむ感じはなくなっていたが、代わりに好奇心が混じりだしている。

「杜名賀さんのところだって？　するとあれか、出戻ってきている長女の離婚がらみの話か？」

ずいぶんと周囲に、そのゴシップは広まっているようだった。

「いや、依頼内容は一応、秘密ですので」

「なるほど——そりゃそうだろうね」

警官は感心したようにうなずいた。場合によっては早見の仕事は警官に小突かれることもしょっちゅうなので、こういう友好的な雰囲気《ふんいき》は珍しい。

「この辺では知られたお家なんですかね？」

彼は正直、半端《はんぱ》な仕事の依頼しかされていないので、相手の事情は今一つわかっていない。

「ああ、まあ、そりゃそうだよ。今あんたが下りてきた、あの山」

と警官が指さすので、早見も振り返る。結構なだらかな傾斜をだらだら下りてきたので気づかなかったが、改めて見ると視界のほとんどを、山が覆《おお》っている感じだった。しかし緑がほとんど残っていないので、土の壁が立ちはだかっていて、なんだか自分が穴の中にいるみたいな気になった。

「あの禿猿山《はげざるやま》の持ち主が、杜名賀さんの会社だよ」

ハゲザル、妙な名前の山だなと思ったが、それには触れずに、

「へえ——あれですか、あそこにもマンションとか建てるんですかね。木が切られちゃってますけど」

と訊くと、警官は頭を振って、

「いや、あれはもうだいぶ前からだからなあ——」

と意外なことを言った。ははあ、それはどういうことで、と早見がさらに質問しようとしたとき、二人の横の路地から、ひとりの子供が現れた。

男の子で、自転車を押しながら歩いている。身体の右側が泥でひどく汚れていた。

見ると自転車のチェーンが外れて、ぶらぶらと揺れていた。どうも転んでしまって、漕《こ》げなくなった自転車を押して帰る途中らしい。少しベソを掻いていた。

肩からは水筒を提《さ》げている。それは大人のスポーツ用のえらく本格的な物だ。似合っていないが、しかし暑くてマメに水分補給をした方がいい今の季節では、確かに炎天下で遊ぶ際にはそういうものを下げていた方がいい。親が持たせているのだろう。

「――おい、坊主」

と早見はその子供に声を掛けた。

「なんだ、自転車が壊れたのか？」

気さくな調子で話しかけると、その子供は早見の方を見上げてきた。横に警官が立っているから、とりあえず早見は不審者には見えない。

「…………」

子供は返事をせずに、むっつりと早見を睨《にら》むように見つめてきた。水筒をぎゅっ、と握りしめている。

「ああ、これは大したことないぞ。チェーンを掛ければまた元に戻る――ほら」

早見は手慣れた調子で、子供の自転車をさっさと直してしまった。以前、彼はバイク屋に居候《いそうろう》していた時期があるので、この手のことには練達している。

「…………」

その鮮やかな手際に、子供の彼を見る眼が変わった。

ぽかんと見とれて、ついうっかり水筒を下に落としてしまう。早見が拾って渡すと、彼は慌《あわ》ててそれを引ったくるようにして受け取り、胸に抱きしめるようにした。大切にしているようだった。

「はは、宝物みたいだな？　大丈夫、取りゃしないよ。じゃあ、気ぃつけて帰れよ」

早見は水筒を抱えた子供にうなずいてみせると、ポケットからウェットティッシュを出して、オイルに汚れた手を拭《ぬぐ》いながら、また警官の方に向き直って、

「で、その杜名賀さんの話をもう少し伺いたいんですけど」

と話を戻そうとしたら、なんだか警官が怪訝《けげん》そうな顔をしている。

「いや——探偵さんよ」

少し困ったような調子で、警官は彼を見て、自転車の子供を見た。そして、

「その子が、杜名賀さんのところのお孫さんだよ。例の娘さんの、その長男だ」

と言った。

「——は？」

と早見が子供を見ると、子供の方は何のことだかよくわからず、きょとんとしている。

「えと——ママは、こっちに来てからはなんだか、ぼーっとしてる」

その子供、杜名賀明彦は早見の問いに、どこか投げやりな口調で答えた。

「ぼーっ、とか」

早見も、曖昧《あいまい》な調子でうなずく。


二人は並んで、共通の目的地である杜名賀家に向かっている。明彦が先導している形にはなっているが、さっきの警官に道を教えてもらったので、早見も道筋はもうわかっている。

「なあ、おっさん。探偵なの？」

「おっさんね——まあいいけど」

屈託のない子供の言葉に、早見はやや苦笑した。明彦は構わず、

「おっさんは、パパに頼まれて来たの？」

と訊いてきた。

「うーん、そうのような、そうでないような——おまえのパパさんには、正直会ったことはない」

「なんだそれ」

「まあ、パパさんのことを心配した友だちが俺に頼んだってところだ」

今回の依頼の面倒な事情を子供に説明できる自信がなかったので、早見はあやふやな言い方をした。しかし嘘はつかなかった。

「………」

明彦はぶすっとした顔で、早見から眼を逸らした。そして呟《つぶや》いた。

「心配してるのは、パパの仕事の方だろ」

それは悲しいというよりも、なんだかぐったりした調子だった。肩から提げている水筒を軽く弾《はじ》いて、ぶらぶらと揺らしたりしている。早見は正直に、

「まあ、たぶんそうだな――少なくとも、俺のところにきた話だと、おまえのことはあんまり触れられてなかったよ」

と答えた。すると明彦は、

「いいの、そういうこと言っちゃって」

と、ずいぶんと大人びたことを口にした。ふむ、と早見はかるくうなずいて、

「俺が頼まれたのは、おまえのパパとママの間の話だけだ。だからおまえとは関係ない。特に隠し事をする必要もない。まあひとつ言えることは――おまえは今のところ、大して注目されていないから、自分の意志は自分の方からみんなに言わないと、誰も気にしてくれないだろうってことだ。気合い入れた方がいいぞ」

と、真面目《まじめ》なのかふざけているのかわからない、ひょうひょうとした口調で言った。

「……変わった大人だね、あんた」

明彦は早見をどう捉《とら》えていいのかわからないらしく、不思議そうな顔で見つめてきた。

「まあ、大人以前に変わってるからな」

「子供の時から？」

「ああ、変人ってよく言われたよ」

「……僕も、そう言われる」

彼はさすがに、少し沈んだ声で言った。転校して間もない彼が、学校で浮いていることは容易に考えられる。ましてや噂《うわさ》の主ともなれば――

「そりゃ気が合いそうだ」

早見はさらりとした調子で言った。慰めるでもな

く、励ますでもなく、といってからかう感じでもなく。

「………」

明彦は、あらためて早見を見つめてきた。

「なあおっさん」

「なんだ？」

「探偵って儲《もう》からないのか」

出し抜けに訊いてきたので、早見はぶっ、と吹き出した。

「……おいおい」

「だって、なんか薄汚い格好だから。金持ちには見えないよ。どうしたって」

「おまえね、まさか正直なのはいいことだとか、周《まわ》りの大人の言うことを真《ま》に受けてるんじゃあるまいな。世の中には黙っていた方がいいことも一杯《いっぱい》あってな」

「探偵って、犯人を捕まえるんだろ。でも……悪いことしてる方が、やっぱり儲かるの？」

それは子供の問いらしい乱暴な質問だったが、早見は、

「あんまり割り切ろうとするな。こうだと決めつけると、なんにもできなくなるぞ」

と、子供に言っても仕方のなさそうなことを、淡々と言った。

案の定、明彦はぽかんとしている。

早見は彼ににやりと笑いかけ、

「まあ、やたらと金持ってますっていうような奴は、確かにみんな悪い奴だがな」

「殺し屋とか？」

悪い奴というとすぐ殺し屋に飛躍するのがいかにも子供だったが、早見はうなずいて、

「ああそうだ。高いスーツを着て、高いメシを喰って、高い酒を呑んでいる奴はみんな殺し屋だよ。今、俺たちがこうして暑い中を我慢して歩いているときも、殺し屋はクーラーの利《き》いたホテルかなんかで優雅にやっているのさ」

とふざけた口調で言って、笑った。

＊

……そこはホテルではなかったが、立地の良い都心の高層ビルの上の方にあり、確かにクーラーがよく利いていた。

（いや、利きすぎだ……むしろ寒いくらいじゃないか）

会社から言われて、その場所に派遣されてきた男は、ぶるるっ、と身震いした。

その映画館の中には、客はほとんどいなかった。彼も含めて、四、五人しか入っていない。

先週の封切りの時には満員だったその映画も、一週間後の平日ではこんなものだった。

（なんだって、こんなところで——もっと隠れた場所でやるもんじゃないのか、本当は）

彼は緊張と、不安と、そして恐怖に包まれながら待っていた。

彼はそれのことはよく知らなかった。上司からもあまり明確な言葉でそれのことを説明されなかったからだ。しかし状況から考えても、これがまともでないことはわかっている。

（そうだ——まともなはずがない。違法行為、とかそんな次元じゃない、もっと——）

悪いこと、と漠然《ばくぜん》とした言い方こそが最もふさわしい。そうとも、まともなことではない。

殺し屋への依頼なんて——。

（ううう——冗談じゃない、まったく……）

そうやって彼が持参のブリーフケースを抱えて、暗い映画館の中でひとり震えていると、ふいに横から、

「つまらないか？」

という声が掛けられたので、彼は心臓が直《じか》に摑まれたかと思うほどに、痛みを伴う驚きに揺さぶられた。

「――！」

そっちの方を見ると、そこには一人の男が座っていた。位置としては、がら空きの映画館で、三つ離れた横の席にいた。そいつがいつからそこに座っていたのか、男にはわからなかった。

「――あ、あの……」

男がおそるおそる声を掛けると、そいつは穏《おだ》やかな口調で、

「確かに、映画としては二流だろうな……大作映画ってやつは大抵、俳優のスケジュールや製作会社の都合でろくに脚本もできていないうちから撮影を始めるから、どうしても大雑把《おおざっぱ》になりがちだからな」

と言った。その声は特に低くも高くもなく、特徴のない声だった。強《し》いて言うならば、子供が大人びた声を出しているような、そういう声だった。これは録音して分析してからでないとわからないことであったが、その声には人物を特定するための声紋が、極めて判別しにくいという特性がある。

大きなスクリーン上では、鎧《よろい》を着込んだ男が何やら大仰《おおぎょう》なことを言いながら、騎馬隊の先陣に立って敵に突撃していく。歴史物の、英雄物語らしかった。

「………」

男は、そいつをまじまじと見ていいものかどうか迷ったが、その必要はなかった。映画館の暗がりの中で、そいつの顔はどうせよく見えなかった。しかも横顔なので、どんな顔立ちなのかよくわからない。人種さえはっきりしない。若いのか年寄りなのかも、逆光のシルエットでは判別し難かった。

しかし、名前だけは教えられている。いや、それは正確には名前ではなく、合い言葉のようなものだと教えられている。

「あ、あの――あなたがソガさん？」

その名前で呼べば、とりあえず話が通じていると判断されるのだそうだ。蘇我か、曽我か――どういう字を書くかは知らなかったし、正直知りたくもな

い。

　その〝ソガ〟はかすかにうなずくような素振りをしたが、返事はしなかった。代わりに言った。

「お互いに観たくもない映画に付き合わされて、いい迷惑だな？」

　自分が呼び出したのに、そんなことを言った。もっとも男の方も上司に言われて来ただけなので、場所の提案者がこのソガなのか、それとも依頼者側なのかは知らない——しかし、

（ここならば、一般の客もいる——待ち伏せて罠《わな》に掛けるのは難しい。街のど真ん中なので、武器を持ち込むのさえ難しいのだから。そして映画の音声が大きすぎて、盗聴とか録音も困難だ——そのくせ、暗くて密室で、お互いの顔もよくわからない）

　一歩この映画館の外に出れば、大勢の一般人にも容易に紛《まぎ》れてしまうだろうから、逃走も容易だろう。

　こういう会合にはうってつけすぎる場所で、明らかにプロの——ソガの指定としか思えない。

「あ、あの——それで、依頼なんだが——」

　男がおずおずと言うと、ソガは無言で手を出してきた。どうやら資料をよこせということらしい。あくまでもはっきりとした発言を避けているようだ。

　仕方ないので、彼はブリーフケースを差し出した。しかしソガが受け取ろうとしないので、ケースを開いて、中の書類だけを出したら、やっと受け取って、それを読み出した。しかし暗い館内で、小さい字が識別できるものだろうか、と彼が疑問に思っていると、ふいに、

「——ふふっ」

　と笑い声がした。

　彼はびくっ、と怯《おび》えた。

「な、なんだ？」

「おいおい——おまえら、正気か」

　ソガは、面白がっているような口調で言った。

「本気で〝こいつ〟をどうにかしろ、と言っている

のか？」

「い、依頼は依頼だろう——私にはよくわからないよ」

「ここにも書いてあるが、別に——こいつにはもう大した影響力などなくなっているんだろう？　下の者にすっかり追い落とされて、見る影もないとか」

「私が決めた訳じゃない。あんたが受けるかどうかを訊いてこいと言われただけだよ。知らないよ、そんな殺し屋の——」

と言いかけて、彼は慌てて口を閉じた。その単語は使うな、と厳重に言われていたからだ。業界ではその手の人物のことは始末屋とは呼ぶが、決して直接的な呼び方はしないのだという。

「……う、上の方の事情はわからないよ」

弱々しい声で言う。ソガは特に気にした様子も見せずに、

「——しかし、リスクは大きいな」

と呟くように言った。

「こいつ本人はさておき、周辺事情が面倒そうだな——期間をもらうぞ」

「ああもう、好きにしてくれ——どうせ条件を付けても無駄なんだろう？」

「おいおい」

ソガは、ここでやっと彼に対して直接話しかけるような調子になった。

「商売相手に、そんな刺々《とげとげ》しい態度はあまり感心しないぞ。少しは愛想良くしてくれてもいいんじゃないのか」

なんだかせせら笑うような口調で言われた。しかしそんなことを言われても、彼としてはこんな状況そのものが耐え難いのだ。

「しょ、商売なものか！　ウチは一流企業だ。私はその課長だ。こんないかがわしいことは本来——」

つい口走ってしまってから、はっ、と慌てて口を閉ざしたが、あきらかにもう遅かった。びくびくしつつソガの様子を窺《うかが》う。しかし特に表情に変化はな

く、何やら——手にしている。手のひらに完全に隠れてしまうくらいの大きさの、黒ずんだ機械だった。

それが何なのか、彼にはすぐにわかった——集音マイクだ。

「…………！」

それは特定の方向に向ければ、ごく限られた範囲の音だけを集めて、録音することができる装置なのだった。そしてそれを向けられているということは……。

「——まあ、こいつは単なる保険だから、気にしないでくれ」

ソガは淡々とした口調で言った。もちろん、装置を向けていないので、自分自身の声や映画館の周囲の騒音は、そのマイクには一切拾われていない。

彼の顔が蒼白になった。

「ち、ちょっと待ってくれ……！」

「あんたの会社の方には対策を用意しているから安心だが、あんたという個人には、これは保証がないからな。こうして取らせてもらった——」

それは脅迫というには、あまりにも静かな声だった。

「わ、私は——」

「良かったな。これで少なくとも、あんたを会社が勝手に消してしまうわけにはいかなくなったぞ」

始末屋のその言葉はあっさりと発せられたので、一瞬何を言っているのか理解できなかった。

「……え」

「あんたを消して、俺の方もどうにかしようとしても、あんたが消えた時点で俺はしかるべき手を打って、会社の方を処理するからな。相互安全保障だよ」

ソガは肩をすくめるような仕草をした。

男は、ひたすらに混乱していた。

なんだって？　これは何の話なんだ？

会社の仕事としてここに来たのに、会社の方が自分をどうにかするだって？　一体何のことなんだ？

　そして――それを防ぐ手段として、この殺し屋が彼の身元を証明する声紋を録音していることが、有効――って……。

（な、なんなんだ……何が正しくて、何が間違っているんだ……？）

　混乱の極みにある正にそのときに、ふいに轟音《ごうおん》が周囲に響いた。

　はっとして顔を上げると、映画館の巨大なスクリーンに映し出されている光景は、悪役であろう人物が胸に槍《やり》を突き立てられて、断末魔《だんまつま》の絶叫を上げているところだった。それに劇的な音楽が被《かぶ》さっている。

　こいつを倒せばめでたしめでたし――その瞬間が物語に訪れたのだ。

　だが、彼のいるこっちの世界では、すべてが曖昧模糊《もこ》としてどこが善悪の境界線かさえ定かでなく――と顔を戻したときには、もうソガの姿はその場にはなかった。

　一度も、客が出入りするあの重たい扉が開かなかったのに、始末屋は、その暗くて広くて騒がしい空間から完全に消えていた。

＊

　杜名賀家というのは、確かに家屋としては決して小さくはなかったが、昔からの名家で、山を持っている、というイメージにしてはやや小さい感じもした。お屋敷と言えなくもないが、ちょっとした高級二世帯住宅、という気もする。何よりも建物として新しい。せいぜい築十年そこそこというところだろう。最近になって建て替えたのかも知れない。

（もっとも、ほとんどの人間にとっちゃ、これぐらいの大きさの家に住むのが一生の夢と思って、頑張って金を稼ごうと生きてるわけだが）

　自分は事務所を兼ねる安アパートに住んでる早見

は、その家を見上げながらぼんやりとそんなことを思った。

庭の植木が、ちょっと必要以上に多い気もした。刈り込みが足りないというか。無計画に木を植えすぎというか——庭が広い癖に、光があまり射し込まないほどに、茂っている。あの伐《き》られ過ぎている山とは逆だ。

「…………」

早見がぼーっとしていると、先導していた明彦が「こっちだよ」といって玄関に招いた。

「あ、ああ——」

と子供の方に行こうとして、そこで早見は自分を見つめる視線に気がついた。

横を見ると、庭の植え込みの傍《かたわ》らに脚立《きゃたつ》が立てられており、そこに一人の老人が乗っていた。足腰がしっかりしていて、危ない感じはしないが、しかしかなりの高齢のようだった。

植木屋——にしては、雰囲気が違っている。その見事な白髪と長い髭をたくわえた老人からはなんだか庭園をいじっている貴族、みたいな他を威圧する雰囲気が漂《ただよ》っていた。

「…………」

厳しい目つきで、早見を睨んでいる。手にしている植木鋏《ばさみ》はよく研《と》がれていて、ぎらりと光っていた。

おそらくは、この屋敷の主である杜名賀礼治その人であろう。

「ああ、どうも——」

と早見が老人に会釈しようとすると、その翁《おう》はふいっ、と顔をそむけて、脚立から下りた。

そのまま無言で、庭の奥の方に去っていく。完全な無視である。

「あ、あの——」

早見は困ってしまい、仕方なく頭を掻いた。すると明彦が、

「ひいじいちゃんは怖いから、あんまし近寄れない

んだ」

と言ってきた。

「ひい——? あ、ああそうか」

曾祖父さん、という単語だけだとずいぶん老け込んだ印象があるが、しかし話によると明彦の母親も、そしてその母親もずいぶんと若くして子供を産んだと言うから——

「怒られたのかな? 俺」

早見は明彦に訊いてみた。すると少年は肩をすくめて、

「わかんない。いつもあんな感じだし」

と答えたので、早見もうなずくしかない。

「そうか——」

まあ、また挨拶する機会もあるだろう。

「ひいじいちゃんよりも、おっさんはママに会いに来たんだろ。こっちだよ」

明彦がさっさと先に行ってしまう。早見はあわててその後を追った。


玄関には、すでに事前に明彦が携帯で連絡していたので、ひとりの上品そうな婦人が待っていた。

どうも、とお辞儀してきたので、早見も礼を返す。そこで彼女が、

「明彦の祖母でございます」

と言った。事前に聞いた話ではこの女性、杜名賀孝子は嫁ではなく、さっきの翁の実娘なのだ。婿養子をもらって、それが家を継いだということだった。

「ああ……どうも、早見と申します。あの、麻由美さんのお母様でいらっしゃいますね?」

当たり前のことを訊いてしまった。明彦の祖母なのだから、彼が会いに来た杜名賀麻由美——離婚成立前の今はまだ、戸籍上では瀬川《せがわ》麻由美だが——の母親に決まっている。

「はい、そうです」

孝子はうなずいた。

しかしおばあちゃんと言うにはこの女性もずいぶ

んと若々しい感じだった。何かがひとつずつズレている感じだった。

「あなたは瀬川の方の人間ですか？」

そのしっかりとした雰囲気のままに、孝子は早見にずばりと訊いてきた。

「ええと、違うとは言い切れませんが、しかし完全に瀬川さんの味方という訳ではありません。私の依頼者は、この件の穏当《おんとう》な決着を望んでいる第三者です」

早見は淡々と答えた。このしっかりしていそうな女性にはあまり装飾的な言い方をしない方が良かろうと思ったのだ。実務的でいい。

「正直、瀬川さんの方もやや意地になっていますから、条件を弛《ゆる》めてもらうための材料も欲しいところです」

「ああ――」

孝子はうっすらと微笑んだ。

「別に、あの娘に戻れと言いに来たわけではないのですね？」

「そうです。それは仕事に入っていない」

言ってから、早見はちら、と横にいる明彦の方に眼を向けた。少年は少し憮然《ぶぜん》とした顔になっている。

この祖母は、もう少年の両親が元には戻らないだろうということを前提にして話しているが、それは彼にとってはまだまだ実感しにくい話ではあろう。

（ていうか、したくないだろうな、やっぱり）

早見は、誰とも眼を合わそうとしない少年をしばし見つめて、それから孝子に視線を戻し、

「で――麻由美さんとお話ししたいのですが」

と切り出すと、孝子は困った顔になり、

「いえ、別に会わせないと言っている訳ではないのです。あの子が出てこないものですから――ああ、明彦ちゃん」

と少年に声を掛けた。

「ママを呼んできてくれないかしら？　お部屋にい

ると思うから」

言われて、少年は素直にうなずいて、その場から去った。そして孝子は早見にうなずきかけてきて、

「立ち話も何ですから、中にどうぞ」

と玄関の中に導いた。

「それでは失礼します」

「うちの人が、海外から戻ったばかりで、今眠っておりますので、静かにお願いします」

「ああ――わかりました」

うちの人、と言っているところを見ると、これは孝子の夫で、婿養子だという宗佑氏に違いない。現在の家長で、明彦の祖父になるわけだが――おそらく自ら海外での取引などにも精力的に出ていく現役バリバリなのだろう。

早見は応接間に通された。

「少し、お待ちになってください。お茶を淹《い》れますから」

と言って孝子が下がっていく。

「あ、おかまいなく――」

と言おうとしたときには、もう部屋に一人で取り残されている。

「…………」

応接間は広かった。外観では妙に新しい感じがしたが、この部屋は確かに旧名家という感じがした。重厚で、威厳ある雰囲気が家具や内装に備わっていた。

この後――まさにこの部屋で、サーカム保険会社の調査員《オプ》の、奇妙な二人組によって二十年前に起きた殺人事件についての謎解きが一族の前で解説されることになるのだが、この時点ではそんなことを予想している人間はこの世に誰一人としていない。

「…………」

早見はぼんやりと、その部屋のあちこちを眺めている。

そのうち、ひとつの写真立てに気が付いた。小さな白黒写真であるが、しかしそこに写っている和服

の女性の瞳が、妙にこっちを向いているような気がした。

写真という二次元の世界から、三次元の彼に向かって視線を投げかけて来ているような、そんな錯覚にとらわれたのだ。

早見も、ここに来る前に簡単な調査はしていたから、その古風な写真に、古風な印象で写っている着物姿の女性が、さっき見かけた礼治の亡妻である朋美という人物であろうと推察はついた。

(確か、何らかの事故か何かに巻き込まれて、亡くなったとか、なんとか——)

あまり事情は大っぴらになっていないようで、曖昧な情報しかないが、とにかく病死ではなく、外因的な理由で死亡しているという話だった。依頼とは直接関係ないから、そんなに突っ込んで調べもしなかった。

それはごく普通の、昔の日本の女性、という感じの人だった。写真がこっちを見つめてくるようだと言っても、それは別に怖い印象ではなく、むしろ優しく見つめてくれている、という感じだ。だからこそ仏壇の遺影という形ではないこんなところにも飾っているのだろう。

(ずいぶん若く見えるが——若いときに撮った写真なんだろうか)

髪は当然、真っ黒で、顔立ちもなんだか十代の子供のようで、だからさっき出会ったあの礼治翁の妻だったと言われると、もはや違和感しかない。そしてさっきの孝子にはあまり似ていない。目尻にやや似た印象がある、というくらいだ。

本当にこの家の人間だったのか、というような印象も、ないでもない——と早見が特に大した根拠もなくそんなことを思ったとき、彼の視線がその写真の置かれているキャビネットの下、床に向いた。

そこには一枚の紙切れが落ちていた。

(……?)

メモ用紙みたいだった。キャビネットの上に置かれていたのが、何かの拍子《ひょうし》で落ちたのだろうか。あまり人様の家のものに手を触れるのはどうかと思ったが、床に紙が落ちているのをほったらかしにするのも何である。早見はその紙を手にとって、置き直そうとした。

何も書いていないと思ったそれを、何気なく裏返してみると——そこには奇妙なことが書かれていた。


〝この場所に関わる者の、生命と同等の価値のあるものを盗む〟


「…………」

早見は少し絶句した。それはなんということのない、ただの紙切れ《ペイパーカット》であり、しかし子供の悪戯《いたずら》と言うには、その字がやけに達筆だった。この家の唯一の子供であるさっきの明彦の顔が浮かんだが、彼はあまりこういった遊びをしそうにない気もした。

（じゃあ——こいつはなんだ？）

何か違和感があった。周囲の空気と、この紙切れと、しっくりこないものがある。

「…………」

彼はキャビネットの上に紙切れを置いた。それはさっきの写真のちょうど前で、なんだか仏前に供《そな》えるみたいな形になってしまった。しかし紙が落ちたとすれば、そこにあったと考えるしかない位置である。どうしようか、と早見が少し悩んだ、そのときだった。

突然に、部屋の扉が開いた。

そっちの方を振り向いて、そして早見は少なからず驚かされた——そこに立っている女性は、今の今まで彼が見ていたその女性にそっくりだった。着ている物が和服か洋服か、というくらいで、日本人形のように長く伸ばした黒髪までが同じだった。

それがこの私立探偵と、もうすぐ離婚するはずの子持ちの女性で、故杜名賀朋美の孫娘、麻由美との出会いだった。

2

「………」

麻由美は冷ややかな眼で、探偵を見おろすように見つめてくる。

「あ、ああ――どうも」

早見はぎょっとした顔をしてしまったことから多少気まずく、慌てて頭を下げた。しかし驚いてもしょうがない。彼が依頼者に見せられた写真では、彼女は髪の毛を金色に染めていて、パーマをあてていたのだから。ほとんど別人にしか見えない。髪はこっちに来てから染め直してまっすぐにしたのだろう。

顔立ちは、やはりびっくりするくらいに、祖母の若い頃に似ている。だが決定的に違うのは、目つきだった。写真にあるような優しさがない。張りつめたような警戒と、投げやりな放心が混じりあった視線があった。

「………」

彼女は何も言わずに、じっと早見を見ているだけだ。

「ええと、俺は――その、あなたと瀬川さんが険悪な状態にあるのを、その――」

相手があまりにも無愛想なので、早見も口調がしどろもどろになる。すると唐突に、彼女が、

「……知ってるかしら」

と、ぼそりと呟いた。

「は？」

「あなたは――知ってるのかしら、砂の城ってどんなに一生懸命つくっても、波が来たら壊れてしまうのよね――」

ぼんやりとした眼差《まなざ》しで、なんだか意味不明なことを言いだした。

「――」

早見は返事をせず、彼女の次の言葉を待つ。彼女も相手の反応など考慮せずに、

「なんだか――そんな感じ。何もかもが、崩れちゃって、残ってないのよ――」

とため息混じりに言った。

たそがれた人妻の意味ありげな吐息、というとなんだか色っぽい話だったが、彼女の様子にはそういう艶《つや》めいた感触はなく、むしろがさがさと乾涸《ひか》らびたような殺伐とした無関心がそこにあった。

どうせわかりっこないことを、わかりっこない相手に向かって会話しなければならないのは面倒だ――という思いを、最初から隠そうともしていない。

「――」

早見はそんな彼女を少しのあいだ見つめていたが、やがてぽつりと、

「まあ、なんつーか――マークシート式のテスト用紙を埋めていたら、実は最初の段から塗り間違えていて、全問不正解になってしまうのを、試験終了寸前で発見したときのような気持ちなら、まあ――わからんでもないですが」

と、彼女に負けないほどに投げやりな口調で言った。

「――え？」

麻由美の顔に訝しげなものが浮かんだ。

早見は肩をすくめて、

「もう零点《れいてん》になるのは避けられない。でも自分としてはそこまで取り返しのつかないことをしてしまったような気がしない――些細《ささい》なミスだけだったのに――でも、結果は何もしなかったのと同じ、とか」

と、どこか軽薄な口調で言った。

「すっぱりとあきらめるしかないですよね、そういうときは。悔《く》やんでもしょうがないし、同じミスは――逆に、繰り返す方が難しい」

「…………」

麻由美は、唖然《あぜん》とした表情で、この突然にべらべ

らと、自分以上に勝手なことを喋《しゃべ》りだした探偵を見つめ返した。

「……あなた、本当に瀬川の代理なの？」

つい訊いてしまう。早見はまた肩をすくめて、

「だから微妙に違うって、お母様にも説明したんですがね」

と言った。

＊

早見壬敦がこの仕事を依頼されたのは、大学の恩師である間宮坂《まみやざか》教授からだった。民俗学を専門としている教授は自分や友人の社会的地位などにあまりこだわらない気持ちのいい人で、早見は素直に尊敬している。

「なあ早見君、君は最近どうなんだ」

研究室に呼び出されたと思ったら、教授は大したた前置きもなしにいきなり訊いてきた。

「は？　どう、って？」

「独立したっていう、例の仕事の方だよ。順調なのかい」

「あのう先生、俺が探偵事務所を開いてもう三年になるんですよ。独立したとか今頃言われても」

「ああ、そんなになるのか？　以前は確か、ＭＣＥという会社の嘱託《しょくたく》だったんだろう」

「だから何年前の話ですか。第一、嘱託でも契約社員でも、下請けでもありませんでしたよ。会社に関連した訴訟のいくつかを手伝っただけです」

「でもその会社も今はないんだろう。潰《つぶ》れたとかなんとか」

「いや、だからそもそも会社が整理されるときの裁判がらみの仕事で——ああ、もういいですよ。先生、話はなんですか？」

つき合いが長いので、教授が何か言おうとしているのはすぐにわかった。別に本人は回りくどい言い方をしているつもりはないのだが、この教授はとに

かく話の中に不明点があるとそこにばかり変に食い下がるという癖があるので、話がなかなか進まないのだった。大学の講義でも、本来のテーマから逸脱した話ばかりを聞かされていたものである。

「いや、だから君の仕事の話だよ。景気はいいのかね」

「ぼちぼち、ですかね」

実際はかなりきつい。事務所の家賃を二ヶ月溜めている。するとそれを見越しているのか、教授がさらりとした口調で、

「忙しいかね。新しい依頼を受けられる状態にあるかな」

と訊いてきた。そらきた、と早見は肩をすくめた。

「あのう先生、申し訳ないんですが、この前のような過疎で消えつつある民話伝承の聞き取り調査みたいな、金にならないことはしている余裕が」

とはっきり言いかけたところで、教授は手を前にかざしてきた。

「ああ、ああ――そうじゃない。まあ正直、私としては君にはきちんとした研究者になって欲しい気持ちもあるが、これはそうじゃない。プロの探偵としての君にしか関係のない話だ。もちろん報酬も出る」

「え？　まさか大学から、ですか？」

大きな声を出してしまったが、教授の方もあっさりと、

「まさか。私も予算が欲しいんだから――別口だよ」

と答えて、そして本格的に話を始めた。

なんでも、教授の古い顔なじみの知り合いに、瀬川という人がいるらしい。財界でも結構な立場にあるそうで、大学にもいくらか寄付金を出しているらしい。

「その瀬川さんのところの息子さんが、どうも奥さんと別れそうだという。しかもお互いに慰謝料をよ

こせと言い合って、非常に険悪な空気なのだそうだ」

「はあ、よくある話じゃないですか？」

「しかし瀬川さんの本家としては、そんなことで裁判沙汰《ざた》になっては世間体《てい》が悪いというので、なんとか話を収めたいということだ。だが本人たちは意地になっているから、どっちも譲《ゆず》ろうとしないらしい」

「どうでもいいような話ですねえ」

「まったくだ。しかし瀬川さんとしては困っている。金でカタをつけても構わないのだが、相手の奥さんの実家も相当な資産家らしくて、そういう折れ方はしそうにないらしい。とにかく〝自分は悪くない〟ということを証明したいらしいんだ、両者とも」

「つまらん名家のプライドですか？　時代錯誤も甚《はなは》だしい」

早見はふん、と鼻を鳴らした。すると教授もため息混じりに、

「まあ、君ならそう言うだろうね。君ほどそういうものが嫌いな人間もいないだろうからね」

と呟いた。そしてうなずいて、話を戻す。

「それで、もう見当は付くと思うが、君にこの両者の間にある問題というのはなんなのか、それを解決するにはどうすればいいか、それを調べて欲しいということなんだ」

「別に仲直りさせろって訳じゃないんですね」

「そりゃそうだろうな。離婚するのはもう前提のようだ。とにかく、瀬川さんとしては騒ぎを収めたいだけなんだから。なんだったら息子さんの落ち度を認めさせるための材料でも良いらしい。金を出す正当な理由があればいいんだから。その話が広まらなければいいだけのことだ」

「自分だけじゃ甘ったれた息子を叱れない親、って感じですか――なんだかなあ」

早見は首をかるく振った。

「そういやあ、なんだったか瀬川風見《かざみ》って名前の女優もいるけど、あれって親戚ですか？」

「そういえばそんな話もあったな。確かそうだよ。風見一族には芸能人もいるとかいう話だったから。風見って名前には覚えがないが、それは芸名なんだろう。姓だけを使っているんだな、きっと。名前として影響力があるんだろう」

とにかくスキャンダルにはなりたくなさそうな臭いがぷんぷんとしているわけである。

「うわ、もちろん正式な契約書とか作ってもらえそうにないですね。帳簿に書く入金理由はどうすりゃいいんでしょうかね」

「しかし、そのぶん提示されている金銭条件は悪くないぞ。なんだったら話を持ってきた私の知り合いにダミーの依頼を偽装してもらえばいいだろう」

「先生も、大学に寄付金を出している人の後ろ盾《だて》がひとつ増えていい、ってトコですか？」

「そういうことだな」

結構きわどいことを平気で言っているが、教授と早見がそういう話をするのは珍しくもないので、二人とも平然としている。

「ただ、ちょっとだけ気になることがあるんだが——その奥さんの実家の、杜名賀という名前なんだが。君は知っているか」

「は？　いいえ。別に——」

「……そうか。まあ、それなら気にすることもないか」

嫌な感じの話の切り方だったが、早見もそれ以上は特に訊かなかった。

＊

……妻も夫もどっちもどっちだろう、といった自分の感覚は間違っていなかったようだな、と早見は実際に刺々しさ丸出しの麻由美を前にして思った。

「別に、元通りになれとか言うことを聞けとか瀬川さんに言われているわけじゃないんですよ。こっちは瀬川さんと会ってもいませんし、向こうも俺のことは知らないんじゃないですかね」

「瀬川の家の、関係者ってところなの？」

家、という言い方に、その辺で嫌なことが色々あったのだろうな、と思わせる響きがあった。

しかし別に彼女に同情するのが仕事ではないので、早見はとりあえず、

「だから第三者ですって。客観的に、事態を依頼主に報告するだけで、俺は意見を持ちません」

ととぼけたように言った。

「言い分があるなら、承《うけたまわ》りますよ。ただ――」

「ただ、何よ。裁判沙汰にはしてほしくないって？」

やっぱり彼女の方も事情をそれなりに知っているようだ。

「そもそも、どうして大っぴらに争いたいんですか？」

訊くと、彼女はやや眼を細めて、

「そうすれば、瀬川が嫌がるからよ」

と身も蓋もないことを言った。

「あのう、正直な話、この杜名賀の家にとってもあまりプラスにはならないと思うんですが」

「こっちはわかってくれるわ」

「向こうも多少、わかってはいるみたいですが――」

「あなた、何もわかっていないわね――瀬川の家を困らせたいんじゃないのよ。あの身勝手なドラ息子を家の中でまずい立場に追い込みたいのよ、私は」

ずいぶんとはっきり、核心を突いてきた。それにしても元とはいえ夫をドラ息子呼ばわりとは、また強烈である。

「ははあ――まあ、目的は確かに金じゃないですね」

早見は少し困って、頭を掻いた。

「要はだんなさんに、あやまってほしいと？」

彼がそう言うと、彼女は、はっ、と鼻を鳴らした。

「無理矢理に圧力掛けてあやまらせても、そんな行動をとらせたことを恨《うら》みに思うだけで、ちっとも反省しないわよ、あいつは」

「うーん、ずいぶんとまた、根深いですねえ……なんか理由でも？」

「知らないわよ、そんなの」

投げやり、かつ憎悪に満ちた言い方だった。夫そのものに対しての憎しみと言うよりも、それはなんだか対象を問わない、見境《みさかい》のない感情のようだった。

「ははあ、そうですか――では、あなたとしては……」

思わず早見がしみじみと嘆息して、次の言葉を言おうとした、そのときだった。

ふいに彼を眩暈《めまい》が襲った。

（う――）

ぐらり、と身体が前のめりに倒れるような、全身が崩れ落ちるような感覚が走ったが――彼の身体そのものは直立不動のまま、その場に立っている。

（――くそ、またか――）

それは彼の持病と言ってもいい症状だった。身体から意識だけが飛び出してしまったような、そういう不安定な感覚が突然に生じるのだ。身体は突っ立って動かないのに、意識だけが活動を続ける、幽体離脱したみたいになってしまうのである。

（本当に、前置き無しで――この〝レイズィ・ノイズ〟はよ……）

彼が、ぼけっ、と突っ立った状態で動かなくなっても、相手も不思議がることは特にない。

何故ならば、相手もほとんど動かなくなっているからだ。

彼がこの〝眩暈〟に囚《とら》われている間は、どうも時間感覚が完全におかしくなっているようで、周囲のものがびっくりするぐらいにのろのろとしか動かない。

時間の流れから切断されて、どこか別の場所に放置されているような気がする、この感覚の間――周辺に満ちているのは、雑音だった。

ぶおおっ、ぶおおおお――

風の音とも、ホラ貝の笛の音ともつかない奇妙なうなり声のようなものが聞こえた。それは妙にはっきりとしていて、周囲の停まっているのも同然の世界とは、完全に無関係に聞こえる。

そしてその轟音に混じって、誰かが叫んでいる声も聞こえる。

〝……あんたは、そこから出なくていいから……ずっと――〟

それは彼の目の前にいる女性がさっきまで話していた声に似ているようで、別の声だった。早見は、それはもしかするとこの女性の死んだ祖母、朋美の声なのではないか、と思った。

その声がこの女性の過去に、なにか突き刺さるようにして存在している――それがわかった。

そう――これはそういう洞察をもたらす現象なのだった。彼、早見壬敦が子供の頃から、ずっとこれはあった。物心ついたときからつきまとってきていた。

誰かと話していたり、何かをぼーっと見ていたりすると時々、このように意識だけが暴走して、その場には聞こえるはずのない異音が聞こえてくるのだ。それは大抵の場合、過去にあったことや、その人がずっと抱えている悩みの元だったりするのだった。

この特別な、巫女《みこ》のような感覚のせいで、彼は他人のことが必要以上にわかってしまってうんざりすることが、ままある――だからこそ大して後ろ盾も持たないままでも探偵などという商売をやっていけているのだが。

〈レイズィ・ノイズ〉——この独特な能力のことを彼はそう名付けているが、しかしこれは〝超能力〟というにはあまりにも不完全で、現在のようにまったくコントロールできないし、聞こえてくるものの意味も、まったくと言っていいほど意味不明である。

（実際、大して役にも立たねーしなあ……あー、鬱陶《うっとう》しい……！）

と彼が意識だけでぼやいたその瞬間、それが消えた。

それはおそらく、いつだって現実世界ではほんの一瞬なのだろう。計ってみたことはないが。

「……どうされたいのですか？」

聞こえてきたその言葉は、自分が喋っているのだった。さっき言いかけていた言葉の続きが、口から勝手に出ていた。どんなことを言っていたんだっけ、俺は——と早見は混乱しそうになったが、これには相手の方が、

「そうね——私も、自分が何をしたいのか、よくわからないのかも知れないわ」

と答えてくれたので、ああそうだ、夫とトコトンまで争って、それであなたは何を目指すのか、というようなことを訊いていたんだろう、たぶん……と思った。

「ええと、なんつうか——まだ閉塞感がある？」

早見が適当に言うと、麻由美は不思議そうな顔になって、

「なんのこと？」

と訊いてきた。それはそうだろう。しかし早見は自分もよくわからないのだから、特に応《こた》えずに、さらに訊ねる。

「どこかに閉じこめられて、出られない——みたいな感覚があるんじゃないですか。だから、目の前の夫婦関係も根こそぎに破壊してしまわないと、気が

すまない——とか」

〈レイズィ・ノイズ〉で感じたことから適当にこじつけているだけなのだから、相手の深層心理を読めているわけでもない。あの謎の異音が彼女の心のどういうところにつながっているのか、それを見極める必要があるという——直観で察することのできる勘のいい人よりも、むしろ手間が掛かる能力なのだった。

「…………」

案の定、麻由美は訝しんで、何も答えない。ピントの外れたことを言ってしまったようだ。

「ああ、いや別に大した意味は——」

と早見が弁解しようとしたとき、突然に壁をいくつか隔《へだ》てたどこかの部屋から、

「——思い出したぞ！」

という大声が聞こえてきた。老いた男の声だった。

「あいつは——間違いない！」

そしてどたどたと激しい足音が続いてくる。

近づいてくる。

「お、お爺ちゃん……？」

という麻由美の怯えた呟きから、それがさっきは一言も発しなかった杜名賀礼治その人であろうことは察しがついた。

嫌な感じがした。あの老人の歳は、そういえばちょうど彼の祖父と同じくらいで——と思っている最中に、彼らがいる応接間のドアが乱暴に開けられた。

礼治老人が、鬼のような形相《ぎょうそう》になって、早見を睨みつけてきた。

「やはり——そうに違いない！」

怒鳴りつけられた。

「貴様《きさま》のその顔——その眼！　あの女にそっくりだ！　あの忌まわしい〝東澱《ひがしおり》〟の蒔絵《まきえ》に……！」

その名がとうとう出てきて、早見は心底うんざりした。東澱蒔絵は彼の亡くなった祖母の名前であ

る。どうもこの老人は、かつて彼の祖父母が仕事であちこちに恨みを買うような真似をしていた時代の、その被害者の一人らしい。

「いや、あのですね——俺は姓も違うように、別にあの東澱とは特に関係はもう」

「そうだ！　確か孫の中に壬敦とかいう奴もいた！　妾腹《めかけばら》の次男坊だな、貴様は！」

老人のすごい剣幕は、早見の弁解など掻き消してしまう。

「何を企《たくら》んでいるのかは知らんが、儂《わし》の眼の黒い内は、二度と貴様ら東澱などに好き勝手はさせんぞ！」

「うーん——」

こういうのが嫌だから、母方の姓である早見を普段は名乗っているのだが……バレると逆にこじれてしまう。

「どうしました？　何事ですか？」

と麻由美の母である孝子が慌てて顔を出した。

「お父さん、どうしたって言うんです？」

礼治に訊ねるが、老人はこの娘の問いかけにも応じず、

「おのれ東澱め、儂の山を奪っただけではあきたらず、この家までも乗っ取ろうという魂胆《こんたん》か！」

と喚《わめ》いている。見ると孝子の後ろには、明彦少年も何事かと、おそるおそる覗き込んできていた。とにかく老人以外は、みんな茫然としていてどうしたらいいのかわからない、といった感じであった。

するとそこで、明彦の後ろから一人の男がやってきて、

「これは何事ですか？　どうしたっていうんですか」

と落ち着いた声で殺気立った空気を鎮《しず》めた。

それは婿養子で、現在の家長である杜名賀宗佑であった。

海外から戻ったばかりで、今は寝室で休んでいたはずだったが、この騒ぎで起きてきたらしい。ガウ

ンを着てスリッパを履いていた。がっしりとした顔立ちと目つきには、見るからに切れ者の経営者、というオーラが漂っている。

「あ、あなた――」

孝子が救いを求めるようにして夫を見ると、彼はうなずいて、

「お養父《とう》さん、とにかく落ち着いてください。お客様もいらっしゃるようじゃないですか」

と早見の方を見て、軽く会釈してきた。早見も、どうも、とお辞儀を返す。

「そ、宗佑くん、しかしだな……！」

なおも老人が言いつのろうとすると、宗佑は静かに、

「東瀾という名前を聞きましたが――あなたが？」

と言いつつ、早見から眼を逸らさない。

「は、はあ――いや、少しお恥ずかしい話なんですが、父方の家とは絶縁していまして」

早見はなんとか誤魔化《ごまか》そうと、逆に宗佑とは眼を合わさないように注意していた。

「ほほう、しかし――東瀾の血縁者の間で、そんなに深刻な対立があるという話も聞きませんが。それに蒔絵さんのお孫さんということは、あの久既雄《くきお》氏の直系ということになるのではありませんか？　私どもの会社も、かつて久既雄氏が会長を務めていらしたグループとは懇意にさせていただいているのですよ」

ねちねちと絡むように言われる。すると礼治老人が、

「今は、杜名賀家は奴の下になどいない！」

と怒鳴った。しかしこれに宗佑は慣れた調子で、

「まあまあお養父さん――あちらも引退されている身ですから、昔のことをいつまでも根に持っていても仕方のないことですよ」

となだめた。この男自体には東瀾に対する敵意はなさそうだった。

というより――むしろ、積極的に取り入って利用

しようという現実的な打算がありそうだった。憎悪を剝き出しにしてくる礼治とは違って、ずっとしたたかなようだ。

（久既雄の爺ちゃんが、実際は引退もクソもなく影響力ありまくりなのも、当然知っててあんなことを言うしな……）

どうも歪《ゆが》んだ関係性の中に塡《はま》り込んでしまったようだ。こういうのが嫌だから、東澱の家からは飛び出したというのに――。

（あーあ、くそ――しかし先生から頼まれた仕事だしなあ……）

早見は心の中でため息をつくと、一同を見回すようにしてから、深々と一礼した。

「あ、あの……どうも色々とご迷惑をお掛けしてしまったようで――とりあえず、麻由美さんにはお話もしたことですし、今日のところはひとまず帰ります」

彼がそう言うと、宗佑は、

「そうですか？　それは残念ですねえ。夕食でも食べていかれませんか？」

とさらに食い下がってきたが、横では礼治がとんでもないというような顔になっていて、孝子はまだオロオロしていて、そして――麻由美本人は、ぼーっ、と不思議そうに早見を見つめていた。

「ええと、それじゃ麻由美さん。今回のことはとりあえず考えておいてください」

「……まあいいけど、でも」

腑《ふ》に落ちない、という顔になっている。

「では、お邪魔しました」

と彼は、さっさと廊下に出て、背後で宗佑と礼治がなにやら言い合っているのを背にさっさと玄関で靴を履く。

すると、背後にいつのまにか、明彦少年が来ていた。

「なあ、探偵のおっさん」

見送りに来たのは彼だけだった。それで早見もさ

っきの口調に戻って、

「なんだ？　ああ、騒ぎになっちまって悪かったな。そういや自転車は一応、店にも持っていった方がいいかもな。転んだときにタイヤチューブに亀裂《きれつ》とか入ってるかも知れないからな」

と言い添えておいた。

すると少年は、うん、とうなずいて、まじまじと早見を見つめて、ぼそりと、

「もう来ないのかい、おっさん」

と訊いてきた。どこか険悪なこの家に、子供は彼一人だけで、どうも母親は頼りになりそうもなく——そういう不安な気持ちが露《あらわ》になっていた。それは別に特別な能力など発動しなくとも、誰にでもわかることとだった。

早見は、ぽんぽん、と明彦の頭をかるく叩いてやって、

「近いうちに来るよ。またな」

とだけ言って、そして立ち上がって家から辞した。

（さて——）

と、なんだか曇ってきた空を見上げながら、考えた。

（——あの風の音、たしか……）

そう、杜名賀麻由美の中から聞き取ったあの異音の〝ぶおおっ〟という空気が漏れるような音を、彼はここに来るまでに、近いものと出会っていたのだ。

あの禿猿山という山を歩いていたときに耳にした風の音が、なんとなく似ていた……。

（実家の裏の山なんだから、まあ当然だろうが……しかし）

あの女性の、妙に頑《かたく》なというか、変な感じに固まっている意地というものを解かなければならない以上、その理由らしきものは押さえておかなければなるまい。

（一応、もう一度行ってみるか——）

彼はきびすを返して、再び禿猿山へと足を向けた。

3

「どういうつもりだね、宗佑君！」

早見が帰った後で、礼治は声を荒げて婿養子に迫っていた。

「お養父さんこそ、落ち着いてください。たかが東澱の勘当《かんどう》息子を相手に、あんなにむきになっては軽く見られますよ」

宗佑の方は平然としたものである。彼は確かに、かつての杜名賀家の財産を使って名を上げることをしたが、現在の成功はむしろ己《おのれ》の才覚によるものであると自負しているし、現に今の杜名賀名義の会社の大半は彼が興《おこ》したものばかりで、礼治が昔手がけていた地主としての事業はなにひとつ存続していない。

「たかが？　たかがだと？　ひ——東澱のことを何も知らんから、おまえはそんな呑気なことが言えるのだ！」

老人の顔は、怒っているにも関わらず青ざめていた。東澱の名を言うことさえ恐ろしい、ということを誤魔化そうとして、誤魔化せていなかった。

「連中がどれだけ隙《すき》がないか、どれだけ悪辣《あくらつ》か——あの蒔絵にも、久既雄にも——どれだけ騙《だま》されたことか、おまえは何もわかっていないのだ！」

しかし彼が激昂《げっこう》すればするほど、宗佑は冷ややかになり、

「確かに私は過去のことを詳しくはわかっていませんが、しかしそれに深い意味があるとも思えませんよ。むしろ今の東澱関係の者からしたら、その辺は忘れたい過去でもあるでしょう。こだわっていたら逆にいらぬ敵意を持たれますよ」

と落ち着いた声で言った。

その背後では、孝子と麻由美がややうんざりした

ようにこの舅《しゅうと》と婿の喧嘩を眺めていて、大声のやりとりが行われていながら、空気としてはむしろ弛《し》緩《かん》している気怠《けだる》い感じのその家に――突然、

――どん、

という、雷でも落ちたか、というような異様な轟音と、衝撃とが同時に襲いかかった。

「――わわっ!?」

と麻由美と孝子が驚いて尻餅《しりもち》をついた。ソファーに座っていた礼治と宗佑も、あやうく転げ落ちそうになる。

「な、なんだ?」

音がしたのは庭の方だった。彼らは慌ててその音源の方に向かった。

そして庭を一望して、絶句した。

見事な植木からは葉が千《ち》切《ぎ》れ飛び、何本かは横倒しになっていた。ひどい荒れようで、まるで嵐でも来たかのような有様《ありさま》だった。

だが、彼らを震撼《しんかん》させたのはその惨状だけではなかった。

庭の――至るところに散らばっているのは、羽毛のようだった。

焼け焦《こ》げて、汚れてはいるがその赤い色をした羽根は、募金活動などで配られる種のもののようだった。

それが、破壊された庭一面に飛散している――爆発物がどこかから投げ込まれて、その中に羽根が詰められていたのだとしか思えなかった。

「むむ……!」

宗佑は、家族の者たちの動揺を鎮めるためにも、そしてこのようなことをしたのが何者であれ、このような脅迫行為には断固として屈しないという意志を即座に示す必要があるとして、彼の知り合いの地方警察の高官に、即座に対策班を編成して寄越せと命じた。単なる被害の通報ではなく、最初から大掛

かりな状況で事態は動き始めた。
だが——この場にやってきた警官たちが最も気を取られたのは、庭の被害でも犯行の背後関係でもなかった。

*

「……け、警部——」

青い顔をして庭の方の鑑識に立ち会っている現場責任者のところに報告に来たのは、一応ということで屋敷の方に不審物がないかをチェックしていた若い警部補だった。

「どうした?」

警部は不審そうな顔を彼に向けた。その部下は優秀な男で、滅多には焦っているところなど人には見せないタイプの人間である。それがらしくもなく、脂汗《あぶらあせ》を額《ひたい》に浮かべて、切羽《せっぱ》詰まったような表情になっている。

「い、いや——それが」

彼はこそこそと、他の者には見せないように警部にだけ、手にしていた物を見せた。

ビニール袋に入れられているそれは、どうも一枚の紙切れのようだった。

「これが——応接間に置かれていて。既に家の者には誰もそれを置いていないということは確認済みです。子供の悪戯でもない」

「なんだ、それは?」

警部は袋を受け取って、その紙切れを眺めた。

そこには奇妙なことが書かれていた。

〝この場所に関わる者の、生命と同等の価値のあるものを盗む〟

警部は眼をぱちくりとさせた。何が何だか、さっぱりわからない。

「……なんだ、これは?」

悪戯にしても、なんだか漠然《ばくぜん》とし過ぎていて、要領を得ない。

「警部、噂ぐらいはお聞きになったことがあると思いますが――サーカム財団という国際的な民間団体がありまして」

若い警部補は、やや喉をぜいぜいと喘《あえ》がせながら、小声でひそひそと話した。

「――あの、なんだかんだ言って警察に横槍《よこやり》を入れてくるという、外資系の保険会社か？」

「保険事業は彼らの、ほんの一部に過ぎません。そして彼らはある特定の犯罪に対して、我が国の警察にも特別に協力を求めているのです。それは――その」

すこし言い淀《よど》んだが、警部補は思いきったように、

「――なんでも〝ペイパーカット〟とか呼ばれるものだそうです。立件するほどでもない、些細《ささい》なものなのだそうですが――それは確か、このような紙切れを無断で置いていく行為だったという話で」

と告げた。言われて、警部は渋い顔になり、

「それはなんだ、おまえの知り合いだという警視庁の偉いさんに聞いたのか？　なんだか面倒そうな話だな」

「中央に黙っている訳にもいかないと思いますが……」

「ああ、わかったわかった。一応、署長にも話を通しておこう」

「あと――もうひとつ」

警部補は、孝子から事件の直前にあった来客のことを教えてもらったことを告げた。それが影の実力者として、警察、公安関係者で知らぬ者のいない〝東澱〟の係累《けいるい》の者だったらしいと聞いて、今度は警部の顔も即座に青くなった。

「な、なんだって……！」

＊

……そんな騒ぎが起こっていることなどまるで知らない早見は、思い立った通りに杜名賀家を辞したその足で、すぐに禿猿山にやって来ていた。

（うーん、ちょっと違うなあ）

早見は山道を登りながら、風の音に耳を澄ませていた。風はどれもこれも同じように聞こえるが、しかし微妙なところがあの異音とは違う。

（なんていうか、もっと――うねっているみたいだったんだよな……）

四方を囲まれている中に、無理矢理に空気が流れ込んでいるような、そんな音だったように思う。

しかし山には、坂はあってもそんな風に囲まれた感じの地形は見当たらない。

（どこかに岩でも突きだしているのかな――その脇をすり抜けるときに、ああいう音が……）

彼がきょろきょろと、そうやって山のあちこちを見回していると、そこに――またしてもひとつの影が立っていた。

銀色の髪をなびかせて、その男が道から少し離れた草むらに立って、山の天辺《てっぺん》を見上げている。

（あれは――そう、アメヤ、とか名乗っていた……）

来たときにも出会っている、あの奇妙な男だった。学者だか、物書きだか――何かを探しているみたいな、そういう男――。

「あのう――」

今度は彼の方から声を掛けてみた。

すると飴屋はゆっくりとした動作で、彼の方を振り返った。

そしてうっすらと微笑を浮かべながら、

「ああ――またお会いしましたね」

と返事して、そして静かな口調で、

「あなたも、ここに隠れているものを調べに来たのですか？」

　と逆に訊いてきた。

　やはり、その様子には危険を感じさせるものは何もなく、そして彼からは何の異音も聞こえてこないし、聞こえてきそうにもない。

（なんだろう、この感じ……）

　早見は微妙な違和感を覚えていた。彼は、ある意味でビクビクしながら生きている。突然に生じる発作でもあるレイズィ・ノイズがいつ起きるのか、話しているこの相手は異音を発するのだろうか、と誰と会っていても常に警戒しているようなところがある。

　しかし――

（最初に会ったときもそうだったが――どうしてこの見るからに変わっている男には、そういう緊張を一切感じないんだろう……？）

　飴屋というこの男――彼には何の異音もない。

　そのことを、早見はどういう訳か、心の底で確信しているのだった。

「ん？」

　そんな彼に、飴屋の方がうなずきかけてきて、そして――ゆっくりとした足取りで、彼の方に近寄ってくる……。

CUT/2.
Osamu Kamisiro

まばゆい太陽に色んなことがありそうで
刺激的な潮風に色んな人と出会えそうで
——みなもと雫〈ヘルプレス・サマー〉

1

　いつもは静まり返っているその住宅街は、時ならぬ爆発事件で警察が来たり野次馬が来たり、テレビ局の者が来ては追い返されたりと、大騒ぎになっていた。

　今も一台の車が、その問題の屋敷につながる道路に曲がろうとして、検問を敷いている警察に停められた。

「駄目駄目。ここは通り抜けできない」

　乱暴な口調で、交通課の警官はその黒い車の運転席に迫った。

　車には二人の、スーツ姿の男たちが乗っていた。

「…………」

　一人は、どこかぼんやりとした表情で、警官には特に眼を向けずに、屋敷の方ばかりを見ている。そしてもう一人は紫外線を遮断《しゃだん》する薄い色のサングラスを掛けて、その鋭い眼光を警官に、物怖《ものお》じせずに向けてきた。

　サーカム財団から派遣されてきた調査員《オプ》、千条雅人と伊佐俊一だった。

「――許可証はある」

　伊佐は慣れた物腰で、その書類を警官に見せた。警官は不審そうにじろじろと見ていたが、書類が正式なものであることを確認すると、行っていい、と乱暴にアゴをしゃくってみせた。伊佐はそのまま車を再発進させる。

　すると助手席の千条がいきなり、

「今の、あの警官の態度というのはどうなんだい？」

　と前置きも何もなしで唐突に質問してきた。

「ずいぶんと横暴なようにも見えたけど、あれぐらいは普通なのかな」

「横暴というほどではない。状況によっては本当に危険なときもあるから、強引にでも押し返さなければならないときもあるからな」

　伊佐も、慣れきった調子で素っ気なく答える。

「まあ、今の奴はそこまで考えているわけじゃなくて単に、夜勤後だったのに人手が足りないので状況もろくに知らされないまま急に駆り出された仕事で、苛立《いらだ》っていたんだろうがな。感心はしないが、まあ――しょうがない」

　元警官の彼は、警察関係者の心情には詳しい。

「なるほど――夜勤後というのはどうしてわかるんだい」

「眼の下に隈《くま》があった。寝てないんだよ。睡眠不足なんで不機嫌を隠している余裕がなかったんだ」

「ははあ、なるほど――人間は肉体的な余裕がないときは不機嫌になるものなのかい？」

「一般的にはそうだ」

「君は、大怪我をしたり、疲労困憊《こんぱい》になっていても、割と平気な顔をしているけど、あれはどうなんだい？」

「俺は――」

　伊佐は少し口ごもったが、やがてため息混じりに、

「いつも不機嫌すぎて、逆に――疲れているときには怒ってる余裕がなくなるんだよ」

　と投げやりに言った。すると千条はしみじみとうなずいて、

「なるほど、それはつまり、君が一般的ではないということだね？」

　と真顔で言った。伊佐はさすがに渋い顔になって、

「……おまえ、間違ってもそういうことは俺以外の人間には言うなよ」

　と注意した。

「どうして？」

「怒られるからだ」

「君は今、怒っているのかい？」

　千条は、伊佐の顔をまじまじと見つめてきた。伊

佐はふん、と鼻を鳴らして、

「おまえ相手には怒る気もしないさ――だが、おまえのことを知らない奴だったら、喧嘩売ってるのか、と思われるだろうな」

「威嚇《いかく》したつもりはないんだがね。わかったよ。他人に対して一方的に決めつけたりしないで、あなたは一般的で普通ですね、と言うように努めるよ」

やっぱり真顔で言う。伊佐はますます渋い顔になり、

「――とにかく、一般的も普通もあまり使うな」

と言うに留《とど》めた。それから真顔に戻って、

「……しかし、今回のペイパーカットは――どうなんだろうな？」

と呟いた。

「疑っているのかい？　偽物だと」

千条の問いに、伊佐は否定も肯定もせずに、

「今までのケースだと、ペイパーカットの出現にはある種の連続性が見られた。この前の事件も、ホテルの従業員に接触してから、そのホテルに泊まっていた男に眼を付けて、それからホテルの近くで開催されたコンサートに姿を見せたりしている――どこかでつながっているんだ」

「なるほど。それは今までにない視点かも知れないね。サーカムには言ったのかい」

「まだ確証がない。だから何も報告していないが――その推測に則《のっと》ると、今回は土地も離れているし、前回の件との関係者もいそうにない。奴が本物だとして、何を手繰《たぐ》ってこんなところに現れたんだろうか……」

「ふむ」

千条は、眉間《みけん》に皺《しわ》を寄せて考え込んでいる伊佐に対して、まったくの無表情だ。

「まあ、今は考えても仕方のないことじゃないのかな。まだ情報も揃《そろ》っていないし」

ケロリとした顔で言う。伊佐は苦笑して、

「データがなければ、ロボット探偵もスイッチが入

らないか。割り切れてて、ある意味うらやましいよ」

と言いながらハンドルを切って、問題の予告状が発見された杜名賀邸の前に車を停めた。

警官がやってきたので、さっきと同じように許可証を見せようとしたら、その前に、

「サーカムの伊佐さんですね？　こちらにいらしてください」

と丁寧な口調で言われた。む、と伊佐と千条は思わず顔を見合わせた。

そして案内された一室で彼らを迎え入れた人物を見て、伊佐はかなり驚かされた。

「やあ、伊佐先輩——おひさしぶりです」

そう言って席から立ち上がって、握手を求めてきたのは伊佐の警官時代の後輩、神代修だった。後輩と言っても神代はキャリアで、研修期間中に一時期だけ伊佐の下にいただけですぐに階級も追い越されたのだが——それでも神代は、どういう訳かいつ会っても、こうやって伊佐が警察を離れた後でも、彼に対して敬語を使うのだった。

伊佐の眼の怪我の後遺症のことも知っているので、サングラス姿を見とがめたりもしないで、普通に接してくる。

「……なんで本庁の警視が、こんなところにいるんだ？」

伊佐は握手を返しながら、思わず訊ねていた。正直、彼はこの〝後輩〟が苦手《にがて》だった。まだ威張ってくれた方が対応しやすい。

「杜名賀グループの筆頭株主の自宅に対する脅迫事件ですからね——そりゃ本庁からも人は来ますよ」

神代は肩をすくめてみせた。

「それに、今回は政治的にデリケートな件も絡んでいるので——」

「杜名賀家の息の掛かった議員から何か言ってきたのか？」

「ああ——」

神代はエリートがよくやる、他人や世間を馬鹿にしきったような薄笑いを浮かべた。

「そんなものは、どんなものにもつきまとう話ですから、どうでもいいようなものですがね。そんな次元の話ではなくて。何しろこの私が直々に出てきているのですからね」

彼は当然のように、自信と傲慢《ごうまん》が均等に混じった口調で言う。

（やはり――）

と伊佐は神代を見つめながら思う。

（こいつは謙虚な性格だから先輩の俺に敬意を払っているのではない。なんだか腹に一物《いちもつ》あるからだ。しかしこいつが俺に媚《こ》びを売るメリットなど何もないような気もするんだが……）

それはいつも考えることで、その度に答えは出ないままであった。するとそのわずかな沈黙の間に、

「デリケートな問題、ですか？　よろしければその具体的な内容について教えていただきたいのですが」

と千条が口を挟んできた。相変わらず物怖じというものがまるでない、強引な割り込み方だ。

神代は少し眼を丸くして、伊佐の方を見た。なんですか、この無礼な男は――とその眼が語っている。

「ああ、こいつは俺と同じサーカムの千条だ。そういや初対面だったな。千条、こちらは警視庁の神代警視殿だ。おまえも自己紹介しろ」

と促《うなが》すと、千条は無表情のまま、

「どうもよろしく。私は千条雅人と言います」

と素っ気なく言った。肩書きも所属も何も言わず、頭を下げもしない。ますます無礼な感じになってしまう。単に挨拶の仕方を知らないだけだ、と言っても大半の人間は信じてくれないだろう。

「…………？」

神代は不快になるよりも、どうも疑念を抱いたようだ。訝しげな顔になっている。

「こいつはちょっと専門馬鹿でね。口の利き方を知らないんだ。勘弁してやってくれ」

伊佐は多少うんざりしながらも、なんとかとりつくろう。

「それより……その問題というのを、良ければ教えてくれないか」

「あ、ああ——そうですね。別に隠す気はないですからね」

不審そうな顔のまま、それでも神代は一枚の名刺を提示した。そこには〈メモアール興信所〉という名称が書かれている。

それを見て伊佐の眉が寄る。

「——おい、確かこの早見壬敦って男は……」

と彼が言いかけると、その背後から女性の声が掛けられた。

「そうです——それは私の兄です」

そしてはっきりと響く、疲れたようなため息が続いた。

伊佐が振り向くと、そこに伊佐には馴染《なじ》みの若い女が立っていた。

東澱奈緒瀬《なおせ》だった。

2

山を、その奥へと二人で入っていく。

もっとも少し歩けば駅に出られるような山であるし、何よりも見おろせば街並みが丸見えなのだ。遭難する心配はない。

「ところで——君が知りたいという、その風の音だが」

飴屋は穏《おだ》やかな口調で、早見に話しかけてきた。

「それは耳元にだけ聞こえる音なのか、それとも周辺に轟《とどろ》いているような音なのかな?」

「えーと、そうだなあ……」

レイズィ・ノイズの感覚を思い出しながら、早見は答える。

「どっちかというと、遠くから聞こえていたような感じがあるから、きっと辺《あた》り中で響いていたんだろう。その音源からは少し離れた場所にいたんだ」

……まだ祖母が生きていた頃の杜名賀麻由美の、それが記憶なのだろう。しかし早見はさっき飴屋に質問されたときは、それを自分の記憶ということにして説明した。嘘をついたわけだが、別に本当のことを言ったところで信用してはもらえまい。

するとそれを聞いた飴屋は、ならば自分もその場所を探す手伝いをしようと言いだしたのである。

あんたが調べていることの方はいいのか、と訊ねると、飴屋は微笑んで、

「私は、どっちにしろ人間のやることを全部調べているようなものだ。君のその探求にも、大いに関心が湧くね」

と言ったのだった。

それはなんだか、早見の能力以上にあやふやで根拠のなさそうな話だったが、物書きだというこの銀色の髪をした男が言うと、妙な説得力があるのだった。

それで、こうして二人して山の中を彷徨《さまよ》っている。

携帯電話の圏外らしくて、電話を掛けようとしてもどこにもつながらないが、別に気にもしていなかった。彼には急を要するようなことなど大抵《たいてい》はないのだ。仕事の依頼が殺到しているような立場でもないし。

空はすっかり暗くなりつつあった。見おろす街並みよりもさらに彼方《かなた》で、陽が沈んでいこうとしている。

「なんていうか、その――」

早見はその夕焼けを眺めながら呟いた。

「――赤っていうのは人の心を掻き乱すな。落ち着かない気分になる……」

「ほう」

飴屋が彼の方を振り向いた。

「君は、赤が嫌いか」

「好きとか嫌いとかじゃなくて……なんだろうな」

早見は首を振った。

「闘牛なんかで赤い布を振るのは牛を興奮させるためだというが——しかし実際、牛は色盲だから布の色なんか関係ないらしい。あれを見て興奮するのは、牛ではなくて観客の人間の方なんだと——つまり赤ってのはそういうもののような……いやいや」

自分でも、何でそんなことを言いだしたのかよくわからない。

「意味のない戯言《ざれごと》だったな。いや、なんでもない」

と言って混乱を打ち消そうとしたら、しかしそこで飴屋が、

「いや——わかるよ」

と口を挟んできた。

「人を高揚《こうよう》させるものは、同時に〝地に足の着いていない〟感じにもさせるから不安定だ、という——しかもそれは」

銀色の髪を揺らしながら、かすかにうなずいた。

「多分に胡散臭《うさんくさ》い、作り物めいた高揚で——しかも見せ掛けに過ぎない、と。何故なら赤は」

その口元が微笑んでいるように見えるのは、角度のせいだろうか？　少なくとも声は笑っていない。そしてそのまま、飴屋は終わりの一言を言った。

「——血と同じ色だから、というだけの話かな」

思わずぎょっとして、早見は飴屋の横顔をまじまじと見つめてしまったが、夕暮れの空に眼を向けているその男には、特になんの感情もないようだった。脅《おど》そうとしているとか、どきっとさせることを言ってやろう、というようなわざとらしさがなく、つまりそれはこれまでの話の内容に則るならば、要は、

（こいつは——ちっとも〝赤さ〟がない）

ということになるのだろうか。では何色か、というと、それは髪の色と同じような、あらゆる色を写すが、しかしそのどの色でもない銀色、ということ

になるのだろうか……。

「……血、血か」

早見は飴屋の話に吸い込まれるように、自然と言葉をその後に続けていた。

「血腥《ちなまぐさ》い、陰惨なことも、それは外側から見ての話であって、その渦中にいる者が高揚していたり、高みに至っていたかどうかはわからない、ということなのかな……」

「ん？」

早見の声には疑問の響きがあったので、飴屋がそれに反応した。

「何か、不思議に思っていることがあるのかな。この山に関することかい」

早見はうなずいた。

「ああ——いや、関係しているのかどうかは、まだわからないんだが。二十年ほど前に、この山で殺人事件があったんだ」

その話は、ここに来るまでは大して重要じゃなさそうだったので、資料を持って来てはいても読んでいなかったのだが、しかし麻由美と実際に会ってみると、どうも山に行ったことや祖母の記憶が彼女の心の中で、対人関係に大いに影響するほどの凝《しこ》りとなって残っているようだったので——飴屋と出会う寸前まで、それを読みながら、そのことについて考えながら歩いていたのである。

「殺されたのは杜名賀朋美という主婦の人で、この地では結構偉い杜名賀家の当主の奥様だったんだな」

「ほう」

飴屋の、その眼が興味をそそられたように細められた。

「その話——どういうものか教えてくれないか」

「いや、というよりも実は未《いま》だに解明されていない部分が多い謎の事件なんで、よかったら一緒に考えてくれないかな」

早見は、もし彼がいわゆる名探偵だったら、簡単に他人に訊いたりしてプライドはないのかと言われそうなことを平気で言った。もっともそんなことは意識もしない。彼にとって探偵という仕事はあくまでも〝不明瞭だった状況を整理して依頼者に判断材料として提示すること〟であって、それから答えや真実を見つけだすのは本人がやってくれ、というものであったから。

「そもそも、その事件の発端は――」

＊

……それの事情は、実ははっきりしていない。関係者の証言が、まるで「羅生門《らしょうもん》」のようにその人その人によって微妙に異《こと》なっているからだ。

そもそも最初は失踪《しっそう》事件として捉えられかけていたのだから、事態の把握がまるでできていなかったのだ。しかしすぐに、付近で不審者の目撃情報や、道路に残されていた血痕などが発見されて、事態はすぐに切迫したものになった。

雨の日だったという。

それも記録的な豪雨で、土砂崩れの怖れがあるとして付近には避難勧告さえも出ているような状況だったという。

被害者である杜名賀朋美がいつ外に出ていったのか、その辺からまず証言が異なっている。

近所の者は、事件の一時間ほど前に、傘を差した朋美が門から出て行くところを見たと言うが、当時の杜名賀家に勤めていた家政婦は「大奥様は朝から出掛けると言って、実際にお出かけになっていた」と証言している。しかしこれに娘の孝子は「そういう話は私は聞いていなかった」と述べ、といって出掛けていなかったかと言われると、そっちもあやふやだったという。「その日は朝から母を見ていなかった」というのが最終的な証言である。夫の礼治も「よくわからぬ」としか言わず、家族の者には内緒でどこかへ行こうとしていたのか、それとも話すほどのことでもなかっただけなのか――しかしそのときには、もう別の場所で事件そのものは始まっていた。

繁華街の一角で、評判の悪かった高利貸しの男が刺殺されていたのだ。それだけでなく、その家族まででも滅多刺しにされていた。

犯人は青柳栄介《あおやぎえいすけ》という男で、当時の年齢で四十二歳、独身だった。かねてより借金がかさんでいて、被害者とは深刻なトラブルになっていたという。

犯行直後の目撃者もあったため、すぐに警察は青柳を追った。青柳は同棲していた情婦の剣崎峯子《けんざきみねこ》と共に逃亡していて、住居はもぬけの殻《から》で、どこに逃げたのかを示すものも見当たらなかった。

だがこのとき、既に自棄《やけ》になっていた青柳はかつて彼が経営していた会社を乗っ取った杜名賀家の者を狙って、その自宅へと迫りつつあったのである。

＊

（まあ、青柳という男は人殺しとしては三流だ）

始末屋のソガは、二十年前のその事件についてはそのような感想を抱いていた。

まず最初のミスは、最初の殺人を犯している時点でのやり方の杜撰《ずさん》さだ。目標である金貸しを殺すのはやむを得なかったとして、その家族まで殺してしまうのは無駄としか言いようがない。しかも杜名賀朋美を襲うのはその直後なのである。計画性が著《いちじる》しく欠落している。

（ひとつだけ評価するところがあるとしたら、そのためらいのなさと行動の速さぐらいだな。もっとも動機の根本から間違っているわけだが――）

そもそも彼は、人から依頼されて主に殺人を行うのが仕事のプロである。その彼からすると、彼の依頼主の大半は、彼に依頼してくるという時点で既にして取り返しのつかない失策を犯していて、殺人依頼はそのミスをなんとか取り戻そうとして強引な手段に訴えかけているのである。殺人などというのは、喩《たと》えるならばスポーツの試合で決定的に負けている状態で、対戦そのものを無効試合にしようとするような〝情けない〟試みなのである。

だがその不可能を可能にするようなスリルは、これは何物にも換えがたいものがある。情けないのは依頼主の方であり、実際に手を下すソガにはそのような空《むな》しさはない。

ただ、依頼を果たすという冷たい決意があるだけだ。

（衝動に任せて殺人を犯すような奴は、プロの殺し屋から最も遠い存在だ——）

そう思っている。だから彼としては青柳には何の共感も湧かないし、その末路に我が身を振り返ることもない。

（しかし——利用はできるな）

今回の、この仕事——既に誰もいない庭に爆発物を投げ込むという作業に入っているが、これはあくまでも前準備の一環である。それで仕事を終えようなどとは思っていない。あの他人に恨みを買っている杜名賀家にトラブルが起きているという状況を作るのが目的なのだ。

警察も、これから進行する様々な事態の中の、一体どれが本命なのかわからずに混乱するだろう。それは彼の、ひいては彼の依頼主に対する警察の事後追及の鈍化につながる。

始める前から、既に終わった後のことを考えるのは、始末屋としては当然の作業なのだった。

3

「——正直、犯人の目的ははっきりしていないんですよ」

神代警視は、伊佐には素直にそう言った。

「爆発物を投げ込んだのが、いつも庭いじりをしている杜名賀礼治氏を狙ったものだったのか、そのとき帰宅していた現当主の宗佑氏に対してのものだったのかさえわからない。そして東澱の係累までいたとなれば、彼も狙われていた可能性がある。しかも――」

やれやれ、と神代は頭を振って、

「――今、この家に出戻っている娘は、夫の家と深刻な対立をしているという話で、そっちの方の嫌がらせである線も否定できない。どうも瀬川って家には、そういう風におもねる取り巻き連中が多いらしいから――」

とうんざりしたように言って、そして横に立っている奈緒瀬に視線を向けた。奈緒瀬は渋い顔で、はあ、とため息をついた。

「――そう、私の兄である早見壬敦に対する依頼も、そういう筋からのもののようです。まったく情けない……」

今にも舌打ちしそうな顔である。

「家を勝手に出ていったと思ったら、こんなみっともない目立ち方をして――ほんとうにお恥ずかしい話です」

「連絡は取れないのか？」

「何度も携帯に掛けているのですが、ずっと圏外です。一体どこで何をしているのやら……」

「それは本当に、お兄さんだったのですか？」

千条が口を挟んできた。その言葉の意味は、知らない者にはピンと来ないだろうが、ここにいる者には当然理解できる。だから神代の方が先に答えた。

「ああ――目撃者は全員、同じ身体特徴を証言している。ペイパーカットとかいう、例の変な現象は生じていない……見る者によって、全然別の人物に見える奴がいたというような話は、今のところまったく、ない」

警察の上層部とサーカム財団の間では以前から話がついている。ペイパーカットの情報は共有する秘密だった。

「……ふうむ」

伊佐は少し考え込んだ。

その手元には、この家に残されていた予告状がある。ビニール袋に包まれて、保存されている――そこからは指紋が検出されていて、それはどうも早見壬敦のものらしい……。

「悪戯だとしたら――その早見氏以外に置いた人物の見当は付かないな。彼はペイパーカットのことを知っているのか？」

「おそらく知らないはずですが……お爺さまでさえ、この前の事件が起きるまでは知らないような話を、あの兄が知っていたとは思えません」

その言い方に棘《とげ》があり、しかもそれを隠そうともしていないので、伊佐は少しおや、と思った。

「あんた、さっきからそのお兄さんに対して怒っているみたいだが――嫌いなのか？」

「ええ。大嫌いです」

即答した。即答し過ぎだった。それはムキになっている声だった。

すると神代が、

「東澱の内部の争いを、この事件には持ち込んでほしくないものですね」

と嫌味っぽく言ってきたので、奈緒瀬は強い声で、

「そういうことは一切ありませんから、ご安心を」

と相手の方を見ないで言った。なんとも険悪な空気だった。

「…………」

伊佐はしばらく無言で、神代から聞いた話とこれまでに得られている情報を頭の中で整理していたが、

「――わかった。邪魔したな」

と神代に言って、千条も促《うなが》して、二人でその場から一時離れた。

すると思った通りに、奈緒瀬が後からついてき

た。

「あの、伊佐さん。少しお話ししておきたいのですが」

　東澱家の現当主である祖父の東澱久既雄から直々に〝跡を継ぎたければペイパーカットのことを明らかにしろ〟と命じられている彼女は、同じ謎を追いかけているサーカム財団とはいわばライバル関係にあると言えた。伊佐はそんな風には全然思っていないし、先を越されてもなんとも思わないのだが。

　伊佐はうなずいて、

「あんたの車に行こう」

　と答えた。奈緒瀬は相手の思わぬ素直さに少し眼を丸くした。

「——あ、ありがとうございます」

「いや……」

　伊佐は真剣な顔で、そのお嬢様を見つめ返した。

「な、なんですか？」

　奈緒瀬がどぎまぎしていると、千条が何の遠慮もなく、

「それでは行きましょうか」

　とすたすた一人で先に歩いていく。

「ち、ちょっと——場所を」

「我々がここに来る途中で、裏門からやや離れたところに停めてあった小型車でしょう。あのガラスの反射は防弾処理が施されていました。タイヤも特製で、リムジンやセダンでないのにそれらの処理がされている例は極めて稀《まれ》であり、あなたの私用車と考えるのが自然だと思われますが」

　淡々と涼しい顔で述べる。いつでもそういう顔しかできないのだが。

　奈緒瀬は思わず伊佐の方を見る。伊佐は肩をすくめて、

「俺はわかっていなかったよ、もちろん」

　と正直に言った。千条の観察眼の鋭さには常人ではついていくことなどできない。

　しかし、やっぱり——と内心で思っていたことを

再確認したので、伊佐は外に音が漏れることのない車に三人で乗り込んだところで、まず、

「今回、あんたは警備を連れてきていないな」

と訊ねた。奈緒瀬ははい、とうなずいて、

「警察も大勢来ているところですし、私の警備をぞろぞろ引き連れていては余計な軋轢《あつれき》を生む元になりますし。それに――」

不快そうに眉を寄せて、

「――東澱の恥に関わることでもありますから、部下にはあまり近寄って欲しくないという面もあります」

と忌々《いまいま》しそうに言った。

すると伊佐はまた奈緒瀬を見つめて、そして、

「あんたは――兄貴とはどれくらいの親しさなんだ?」

と突然に踏み込んだ問いかけをした。

「は?　なんのことですか?」

奈緒瀬は困惑したが、伊佐はそんな彼女に厳しい口調で、

「あんたは、前の事件と今回の事件との間に、どんな関係があると思う?」

とさらに質問した。

「関係?　関係なんて、何もないと思いますが――」

「ははあ伊佐、例の事件の連続性の仮説だね?」

千条が理解して、相槌《あいづち》を打った。奈緒瀬は二人の妙に真剣な様子に戸惑って、

「――なんのことでしょうか」

と神妙な顔で訊ねる。伊佐が、さっき千条に説明したのと同じことを言うと、彼女も難しい顔になり、

「……なるほど。一理あるかも知れないですね」

と唸《うな》った。

「あくまで仮説だがな。そして前回の件と今回の件でつながっている要素で、現時点で明らかなのは――あんただけだ、東澱さん」

伊佐の言葉に、奈緒瀬は少し青い顔をしている。

「……私と、兄と――?」

その関係だけが、今回と前回の事件で縁のあることだというのならば、今回のペイパーカットの〝標的〟というのは、つまり……。

「そうだ。あんたの兄貴の早見壬敦氏が狙われている可能性が、現時点では一番高い――」

伊佐の言葉に、続けて千条が、

「しかも予告状に彼の指紋が残っているということは、彼は予告状を直に読んでいるということにもなるね――ペイパーカットが出した、その受け取り相手だったのかも知れない」

と容赦《ようしゃ》なく付け足した。

「――」

奈緒瀬は無言で、既に何度も試みている兄の携帯電話への通話を試み始めた。

だが、相変わらず電話は圏外のままだった。

4

――二十年前の事件で青柳栄介が杜名賀家へと向かっていったその足取りについては、かなりの目撃証言が後から得られたものの、その時点では雨がどんどんひどくなっていった時間帯にそのまま重なっていたため、怪しい男と、それに連れられていく女がいても、誰にもそれを殊更に気に掛けるだけの余裕がなかったという。床上浸水や川の氾濫《はんらん》のおそれも多分にあったため、その対応に追われていたのだった。

その中で、杜名賀朋美がどこに行こうとしていたのか、そのことは未だに明らかになっていない。

だが杜名賀家を目指して雨中をひた走っていた青柳栄介と、朋美が人気のない禿猿山で出くわしてしまったのは事実であった。

「……その辺の状況は、連れられていた青柳の情婦の剣崎峯子という女性が、後で証言しているので、割と明確にわかっている――青柳はなんだか、相手がそこに来ることを知っていたようだった、と」

　すっかり暗くなってしまった山の中で、街に続く道沿いの外灯の下で、早見は飴屋に説明を続けていた。彼自身も、持ってきた資料を読みながらであって、一方的な説明というよりも、二人で勉強しているみたいな空気である。

「ふむ」

　飴屋がうなずく。

「青柳はそのまま彼女に襲いかかり、殺してしまうわけだが――どういうつもりか、その後で奇怪な行動に出る。見境がなくなりすぎたのか、彼女の身体をバラバラに解体してしまって、しかも自分が連れてきていた剣崎峯子にも刃物を突き立てて、自分一人でふらふらとどこかへ消えてしまった――それからは警察の方の証言がある」

「自分の身内までも攻撃したのか。そして次なる目的地に向かったのか、もはや明確な指針を見出そうという気もなくなったのか――彷徨《さまよ》いだした、と」

「そうらしいな。そして警察が、そのふらふらとしていた青柳を発見した、と――」

　あらためて資料を読んでいて、早見は胸が悪くなってきた。

「――ずぶ濡れになっていて、刃物をまだ直に持っていた。服の至るところに血の染《し》みができていて、そして――刃物を持っていない方の手は、問題のモノをぶら下げていた」

「モノとは？」

「うん……」

　早見は少し口ごもったが、仕方ないのでできるだけ無感情な声で言うようにして、その単語を口にした。

「杜名賀朋美の首だ。胴体から切り離していて――それの髪の毛を掴んで、そのまま持ち歩いていたんだ」

その光景を考えただけでぞっとした。雨の夜道でそれと出くわしてしまった警官の恐怖を考えると、背筋が寒くなる。

「ふうむ――」

飴屋は落ち着いた顔である。

「――それはどういう感覚だったんだろうな。記念のトロフィーみたいな気分だったのだろうか」

「さあな。いずれにせよ、そこで――警官はすぐさま青柳に銃を向けて、投降を呼びかけた。しかし青柳は反応せずに、彼らに向かって、その生首を差し出すように突き出してきて――警官の一人がそれを敵意の表れと判断して、発砲した。威嚇《いかく》のつもりだったと言っているが、しかしその弾丸は青柳の腹部に命中し、致命傷となった。即座に取り押さえられて病院に運ばれたが、翌日には青柳は死亡した」

「本人は死に際に何か言ったのかな」

「いや、一度も意識を取り戻さなかったようだ。発砲も、正しい行動であるとみなされた。まあ無理もない。むしろ警官側に死傷者が出なかっただけマシだろう」

早見はため息をついたが、飴屋はその事件の陰惨さには大して反応もせずに、

「――それで、彼に刺されたという剣崎という女性の方はどうなったんだ」

と説明不足の箇所を指摘した。

「あ、ああ――それが、彼女も三ケ月後に亡くなっている。死因は腹膜炎――刺された傷が悪化したんだ。結局助からなかった。証言を残しただけで、彼女の青柳に対する逃亡幇助《ほうじょ》などの罪は立件されずに終わった」

「なるほど――過去の事件だな。確かに、すべてに決着がついているようだ」

飴屋はしみじみとした調子で言って、そして付け足した。

「表向きは、だが――」

その静かな物言いに、早見は少しぎょっとした。

「それはどういう意味だ？　まだこの事件は、二十年経《た》っても終わっていないと？」

「さて」

飴屋は空を見上げて、少し遠い眼をするような仕草をした。早見にはやや背を向けるような格好になったために、その眼までは見えない。

「そもそも――人間がやっていることで、明確に何かが〝終わった〟と断言できるようなことが存在するものなのかな、と思ってね」

「…………」

言われて、早見はうつむいて考え込んだ。

「……確かに、朋美さん以外の杜名賀家の人々は全員生きているし、その影響も決して風化していないようだが――」

少なくとも彼が、彼女の中に吹く風の音を聞いた孫の、あの麻由美は、その尻尾を歴然と引きずっていることになるのだろう――それはどのような形で、如何《いか》なる意味で〝残って〟いるのだろうか。

「それは――そこまで杜名賀家が恨まれる元となった、その事情とか……？」

しかし、それを言うならば青柳は金の貸し借りのもつれからも殺人に及んでいて、単に激昂しやすいタイプであったという見方が正しいようにも思われるが……。青柳が親から受け継いだ会社を乗っ取られたというのは、これは確かに深い恨みということにはなるだろうが、それはそれだけの話のような気もする。

だが飴屋はそんな早見の戸惑いなど意に介さないように、きっぱりと、

「人間は、往々にして目の前に見えている現象を、それがわかりやすいからという理由だけで、ひとつの事実として整理したがるが……どんなものであっても、ひとつだけしか見方がないということなどあり得ない。必ず複数の立場があり、そこには無数の真実が交錯して、入り混じっているものだ。個人は

せいぜい、その中で己《おのれ》に近しいものだけを拾い集めて辻褄《つじつま》を合わせることしかできない」

と言った。

「己に、近しいもの……？」

何を言われているのか今一つ理解できないが、しかし目の前の男が彼を煙に巻こうとして、小難しく聞こえるだけの科白《せりふ》を並べているのではないことだけはわかった。飴屋の口調は真摯《しんし》なものだった。

飴屋はうなずいて、そして、

「人間の世界には、どうやら確固とした共通の真実などはどこにもないようだが……しかし個人にとっては、それは逆にひとつしか存在しない。その齟齬《そご》が、人と、この世界の間に軋《きし》みをもたらしているのかも知れないな」

「個人には、真実はたったひとつ……？」

「私はそれを〝キャビネッセンス〟と名付けて、呼んでいる」

飴屋はその聞き慣れない単語を、さらりとした調子でさりげなく言った。

「それがなければ生きていく意味がないようなもの、生命に等しい価値のあるものだ」

「はあ……」

早見は曖昧にうなずいた。物書きというのは、こういったつかみどころのないことを真剣に考えているものなのか、と思った。それでも早見もつられて、

「でも、そんなものが明確にあるものかな。人間はすぐに心変わりをするものだぜ」

と真面目な反論をしてしまった。別に哲学談義をする趣味などないのに、この男を前にしているとつい、そういう感じになる。

飴屋は、かすかに首を動かして、

「そうなんだ、そこなんだ――」

とやはり真面目な声で言う。

「人間が心変わりをして、それまでは生命と同じくらいに大切に思っていたはずのものを、いともたや

すく見失ってしまうのは何故なのか、その辺りも私は気になって仕方のないことなんだ」

　そしてまた、遠い眼を空に向ける。

　何を見ているのかと言われれば、それは眼下の街並みではなく、遥か彼方の空の向こう側、としか言い様のない方角である。

「色々と考えているんだな、あんたは」

「ああ、色々とね」

　その口元には薄い笑いが浮いているが、それはなんだか虚《むな》しいことを探求している己を嘲笑《あざわら》っているようにも見えた。

「生命と同じくらいに大切に思っているもの、か――」

　早見も、飴屋が見ている方角に視線を向けた。だがそこには星空があるだけで、何もなく、何も思い浮かべようのない景色だった。

「俺にも、そういうものがあるのかな……？」

「それがない人間はこの世に存在しない」

　飴屋はためらいのない口調で、断定した。

「しかし、誰もが自分のことを知っているとは限らない――だから、自分でもわからない」

「うーん」

「人間というのは、皆同じだと思うかい？」

　飴屋はまた不思議なことを訊いてきた。

「まあ、同じ、ということにはなっているけど。しかし――バラバラなんだろうな、やっぱり」

「しかし共有しているものは多いはずだろう。肉体的なことだけでも、構成成分は九割九分九厘まで、誰でも同じだ――蛋白質《たんぱくしつ》に脂肪に水分だ。その上を流れるほんのちょっとの化学反応を促進させるパルス。人間の肉体と精神の根元というのは、突きつめればたったそれだけのことだ。人間ひとりひとり、それぞれにある違いというのは、その水分についた個性という色は、何に由来しているのか――」

「水に付いた色、か……それがキャビネッセンスだと？」

「透明な水に色を付けるのには、ほんの一滴、色素となるものが落ちるだけでいい。魂に落とされた一滴というようなものが、人間を、生命を決定している……逆に言えば、それがなければ生命には、その単体には何の意味もないのと同じだ」

「魂の一滴、ねえ――」

早見はあまりに漠然とした話で、どうにも把握できない。

「そうかな、そういうものかな――しかしなあ」

ぼやくように、投げやりに言った。すると飴屋が微笑んで、

「自分で〝これがそれだ〟と簡単に言えるようなものだったら、それこそ適当な辻褄合わせの産物で、生命ほどの価値はないんじゃないのか？」

と、とぼけたように言ったので、早見も笑った。

「ま、それもそうだな――自分じゃわからない、か」

そして、ふと――気がついた。

生命ほどの価値があるものという、その言葉に、以前にも接したことがあるような――と感じたときには、もうそれを思い出していた。

（そうだ――あの杜名賀家にあった、あの奇妙な書き置きだ）

あの紙切れには確か〝生命と同等の価値のあるものを盗む〟とか書いてあったような――それは偶然というには、確率的にとてもありそうもない一致だった。

「…………」

早見は、その銀色の髪をした男をあらためて、まじまじと見つめた。

飴屋は無言で、また空を見上げている。

その横顔には何の曇りもないようにしか見えない。

そして早見の方に視線を向けないままで、彼は言った。

「早見さんは――かなり苦労しているようだね」

それは最初に会ったときも言われたことだった。

「そうかね」

「ああ――考えなくてもいいようなことまで、考えてしまう人間が、よく陥《おちい》る迷路にはまっているんじゃないのか」

かすかにうなずいて、視線をこちらに向けてきた。

「感じなくてもいいようなことまで、一々感じてしまうというのは――正直、面倒だろう?」

「………………」

それは言葉だけならば、三流のカウンセラーなどが言いそうなことでもあった。仕事に疲れているんです、とかいう相手に対して使う最もありふれた慰め〝そんなに気にするなよ〟と大して変わらない。

しかし――この場合は。

「………………」

早見がつい、相手の顔を見つめ続けていると、飴屋は特に動じる様子も見せずに、

「しかし、すっかり暗くなってしまったな――今からでは、捜し物をするのは無理そうだな、お互いに」

と静かに言った。早見も、

「みたいだな――」

と同意した。

5

二人は山道の分岐点で別れた。

「俺は街にもう一度戻ってみるけど――あんたはどこに?」

泊まっているのか、というつもりで訊いたら、飴屋はすい、と山の方を指さして、

「君がこの場所にやってきた方だ。だから道は反対を向いているね」

と言った。彼がこの地にやってきたときに着いた、あの駅の近くに宿があるというようなことであ

ろうか。

「そうか、じゃあ——また」

早見はつい、再会を前提とするような挨拶をしてしまったが、これに飴屋は眉ひとつ動かさずに、

「ああ——また」

と微笑み返してきた。

そしてきびすを返して、山道の暗闇の中に去っていった。

「………………」

早見はその後ろ姿を眼で追っていこうと思ったが、すぐに見えなくなってしまって、気配も絶えた。

なんとなく、ふう、とため息をつくと、彼もまたきびすを返して、街へと下りていく。これから杜名賀家に戻るのは何なので、付近のさりげない聞き込みぐらいしかやることはないだろうが、まあ——と彼が数歩進んだ、その途端だった。

ポケットの中の携帯電話が着信を告げた。彼は、ああ、もう通話圏内に戻っていたんだな、と大して考えもせずにそれを取り出して通話に出ようとして——ぎょっとした。

彼が山に入っていたほんの数時間の間に、無数の送信先から夥《おびただ》しいメールの着信があったと表示されているのだ。それは彼の通常の一ヶ月分の着信量よりも多かった。そして——今、電話を掛けてきているその相手は、その名前は——

「……な、なんだあ？」

彼としては、正直その相手との電話には出たくなかった。いつでも大抵、その相手はぷりぷり怒っていて、彼に向かって説教してくるからだ。忙しい身分のはずなので、滅多に電話してこないのだが、それがなんでこんなタイミングで……と訝しんだが、でも応じないとなるともっと怒るので、彼は仕方なく電話に出た。

「……へいへい。壬敦ですよ、っと」

彼が気のない挨拶をすると、すぐに、

〝——あの、お兄さま〟

と不機嫌きわまりない、怒りを押し殺した女性の声が響いてきた。それは彼の妹の、奈緒瀬の声だった。

〝今、どちらにいらっしゃるのか、よろしければお教え願えませんか？〟

「あ？」

〝今まで何をしていらしたんですか。どこにいたんです？〟

だんだん相手の声が大きくなっていく。苛立っているのだ。

「ちょっと待て。なんだか俺を捜しているみたいな言い方になってるが」

と不思議に思って訊くと、一瞬だけ間を置いて、すぐに、

〝——捜しているんですよ！　みんなが！　お兄さまを！　ふざけないで！〟

と、やっぱり怒鳴られた。

「……俺は迷子か？」

ついそんな風に言ってしまうと、さらに相手の怒りの火に油を注いでしまったようで、

〝もう本当にあなたって人はいっつもいっつも人の気持ちを逆撫《さかな》でするようなことばかり……！　いい加減にしてください！〟

と喚き立てられた。耳がきーん、となって、つい電話を離してしまう。

すると電話の向こうで、誰かが横から声を掛けてきたみたいで、

〝……もしもし〟

と男の声に換わった。

〝早見壬敦さんだな？　こちらはサーカム財団の者だ〟

と言ってきた。それは聞いたことのない声だった。身内の者ではない。とっさに警戒した。

「あん？　誰だって？」

〝サーカムで調査員《オプ》をやっている伊佐俊一という者

だ〟

落ち着いた声で、相手はそう名乗った。

＊

「……つながりました！」

車の中で、三十分以上も兄に電話を掛け続けていた奈緒瀬は、呼び出し音が聞こえてきたのでつい、それだけで声を出してしまった。

「外にもつなげます」

といって車のスピーカーに電話の音声を接続して、相手が出るのを待つ。

……なかなか出ない。

「大丈夫かな？」

千条が例によってデリカシーの欠片《かけら》もない言い方で危惧《きぐ》を表明する。奈緒瀬が思わず彼の方を睨んでしまったその瞬間、そのタイミングを計っていたかのように、

〝――へいへい、壬敦ですよ、っと〟

というとぼけた感じの男の声が聞こえてきた。

その調子があまりにも呑気そうだったので、伊佐は少し、笑ってしまった。奈緒瀬は逆に渋い顔で、

「あの、お兄さま――今どちらにいらっしゃるのか、よろしければお教え願えませんか」

と不機嫌さを隠そうともせずに、訊ねた。なんとなくそのあけすけな感情の表し方から、馬鹿丁寧《ていねい》な言葉とは裏腹に、伊佐にはこの兄妹の関係がそんなに悪くないのがすぐにわかった。いい喧嘩友だちというようなニュアンスなのだ。

（少なくとも、東澱の財産や権力をめぐっての対立などとは無縁みたいだな）

彼がそう思っているのを裏付けするかのように、奈緒瀬はのらりくらりとした壬敦氏に向かって、まるで子供のように大声を上げて怒っている。

向こうも状況を理解できていないようなので、伊佐は奈緒瀬に〝ちょっと換わってくれ〟とジェスチ

ュアで示した。ん、と奈緒瀬は眉をひそめたが、それ以上兄と話していると苛立ちが増すだけだと判断したのか、素直に電話を渡した。そして伊佐が名乗ると、

〝——あん？〟

と壬敦氏は、妹相手とはうって変わった厳しい口調で応じた。

〝保険会社が、なんだって？〟

まるで妹にちょっかいを出している男を威嚇しているヤンキーみたいな声に、伊佐は多少苦笑しつつ、

「別にサーカムと東澱奈緒瀬が裏で取引して、東澱グループの他の連中を出し抜こうとしている訳じゃない——全然別の、緊急の要件だ。それもあんたに、だよ。早見さん」

とずばりと言った。身も蓋もない。しかしこの男相手にはそれでいいはずだと直観していた。

〝——俺に？〟

壬敦は面食らったようだった。

CUT/3
Mayumi Morinaga
&
Akihiko Morinaga

でも、実はみんな同じ顔しかしてなくて

——みなもと雫〈ヘルプレス・サマー〉

1

　爆弾事件の犯人は遠くからこの地に来ている者である可能性もあるとして、警察はすぐに近隣のホテルや旅館などの宿泊者のチェックを行ったが、怪しい宿泊者はいなかった。これにはサーカム財団の関係者も協力し、彼らが追いかけているペイパーカットの痕跡も同時に探索されたが、これも空振りに終わった。

　現場周辺の聞き込みは当然、もっとも重点的に行われたが、怪しい者の姿を見た者はいなかった。いや、正確に言うならば、

「そういえば貧乏臭い、野良犬みたいな男がふらふらしていた」

　という証言ばかりが出てきて、それは全部早見壬敦のことなのであった。最有力の容疑者になっていて、警察としても身柄を確保して取り調べない訳にはいかないという状況になってしまい、しかし何しろ警察にとっては東澱の係累というのはそんなに簡単には手を出せないので、如何《いか》にすべきか——というところで、奈緒瀬が、

「兄を捕らえましたので、どうぞ取り調べてください」

　と連絡してきたので、関係者は仰天《ぎょうてん》した。

「ど、どうしましょう？」

　地元の刑事がそう訊いてきたので、神代警視は仕方なく、

「私が尋問しよう。君らも余計な面倒は背負いたくないだろう」

　と自ら出ることを告げた。ただし正式な取り調べという記録を残さないために、警察のバントラックの中で、こっそりとやることにした。

　駐車場に停めた車内で待っていると、奈緒瀬の私用車が横にやってきた。

　見るとそれには伊佐俊一と千条雅人も乗っている

ので、神代は、

（――やはりな）

　とかすかに眉をひそめた。

　奈緒瀬が降りてきて、バンの扉をノックしてきたので、神代はドアを開けた。

「どうも、お待ちしていました」

「ご迷惑をお掛けしています。これが不肖《ふしょう》の兄です」

　と、彼女は助手席に座っていた男を指さした。

「早見壬敦さんですか？」

　写真と同じなので間違いようがないのだが、神代は一応訊いた。早見はうなずいた。

「はあ、どーもすいません」

　と言って、自ら車から出てくる。しかし後部席のサーカムの二人はそのままだ。

　神代は車内の伊佐に向かって、

「それじゃ先輩、この御曹司《おんぞうし》を少しお借りしますよ」

　と言うと、伊佐は顔をしかめた。神代は気にせずに奈緒瀬に向き直り、

「あなたも同席されますか？」

　と訊いたが、これに奈緒瀬は首を横に振った。

「私は本来の要件の方に戻ります。何かあったらお呼びください」

　と予想通りのことを言ったので、神代はうなずいて、早見と共にバンに乗り込むと、ドアを閉めた。

　しん、と閉鎖された空間に静まり返った空気が充満する。

「さて――」

　神代は早見の方を見た。すると早見が、

「あのう、警視さん。さっき俺のことを御曹司って言いましたけど、そーゆーんじゃないんで」

　と落ち着いた口調で言った。妹に連れ回されて、警察に引き渡されたのに、まったくめげている様子がない。

「ご自身がどう思われていようと、外から見たら立

派な東澱の直系の人間ですよ、あなたは」

神代は薄い笑いを浮かべつつ、言った。

「まあ、お兄さんの時雄《ときお》さんもいらっしゃるわけですが——」

「…………」

兄の名が出てきて、早見は表情を少し固くした。

（こいつ——この警視）

早見は目の前の神代を上目遣いに見た。

（兄貴に何か言われて来ているのか？　それとも単に、これを機に取り入ろうって肚《はら》か？）

若い野心家のキャリアならば、この状況を利用してなんらかの計算をしていてもおかしくない。

「早見さん、あなたは妹さんとはさておき——正直なところ、お兄さんとは少し、疎遠ですね？」

神代が訊いてきた。

「それは事件と何か関係あるのか？」

丁寧語ではなく、警戒丸出しの口調に変えて早見は言った。

「あるかどうかは、これから考えようかと思いますが——ねえ早見さん」

神代は少し身を引いて、早見を見つめ返す。

「実際のところ、かつての杜名賀さんと東澱さんのところの対立というのは、まだ続いているんですか？」

言われて、早見は嫌でもあの老人、杜名賀礼治の過剰なまでの憎しみを露《あらわ》にした態度を思い出した。しかし表情は動かさず、

「……少なくとも、杜名賀の現当主は全然気にしていないみたいだが」

と宗佑氏の態度についてのみ答えた。

「あなたのお爺さんの方はどうなんでしょうかね。あの高名なる久既雄氏は——」

「登記されている財産だったら、杜名賀家の三分の一以下だと思うが」

「それだけ巧妙ということでしょう？　各所に染み

込んでいる訳だ。たとえば――」

神代は片眉をちょい、とおどけるように上げた。

「警察機構とかにも、充分な〝投資〟をしていただいているし――」

様々な形で合法扱いになっている買収工作についいて、実にあからさまな言い方をした。

「――だったら、どうなんだ？　これが杜名賀に対しての東瀛からのなんらかの示威《じい》行為だったとしたら、あんたらは事件を揉《も》み消すって言うのか？」

「そしてあなたが、それを阻止《そし》するためにわざわざ事件の日に杜名賀家にやってきたりしていたとしたら、大変に面倒くさい状況ですね」

神代は、今度は肩をすくめて見せた。

「どう対処すべきなのか、まったくわからない――ねえ早見さん、あなたは、自分を追い出したご家族とはどこまで仲が悪いんですか？」

取り調べとはおよそ思えない質問であり、確認しようとする事項であった。

「――別に、時雄兄貴にも、久既雄爺さんにも恨みはねーよ。平和的に家を出たよ。追い出された訳じゃない」

「さて――」

「あんたがもし、俺を使ってどうこうしようっていうなら、そいつは無駄だと忠告しておくぜ」

早見が投げやりに言うと、バンの前部と後部を仕切っていたカーテンが開けられて、一人の男が姿を見せた。

それは、今までの話でも出ていた本人、杜名賀宗佑だった。

いくら有力者の被害者だからといって、警察の取り調べに一般人が立ち会えるはずはない。これは神代の独断によるものだろう。神代自身は肩をすくめたものの、大して悪びれる素振りはない。

「――早見さん」

杜名賀家の現当主は驚いている早見に、静かな声で話しかけてきた。

「私は、この事件をとても深刻に捉えている――中には、単なる悪戯で、大した背景などないのに大騒ぎしてみっともない――などと陰口を叩いている者もいる。しかし――そんなことは私が危惧していることに比べればちっぽけなことだ」

「……犯人の狙いはあなただと？」

早見が訊ねると、宗佑は首を横に振った。

「それならばまだ、それほど深刻ではない。私自身が警戒すればすむことだ。だが――私は君がこの家に来た時期と、騒ぎが同時であるということに深い意味があると捉えている。探偵としての君は、誰の依頼でここに来たのだね？」

「……ですから、娘さんの旦那さんの家にゆかりのある者が、取りなすために――って、まさか」

早見が気づくと、宗佑もうなずいた。

「そうだ――私はこれは、瀬川の者が絡んでいると思っている。君はその偽装だ。我々の眼を欺《あざむ》くために。君自身もどうやら知らされてはいないようだが」

「――いや、しかし……」

早見は反論しかけて、でも彼自身は一度も瀬川の者とは接触していないことを思い出した。反論できるような素材が、彼には全然ない。

「……ですが、瀬川さんがお宅を脅《おど》して、何か得があるんですかね？」

「狙いは杜名賀ではないとしたら？」

宗佑の眼には揺るぎのないものがあった。それは大勢の人間の上に立つ決意ある者が見せる力強い意志だ。それがひとつの方向を向いている。

彼をして、それだけの集中をさせる、その対象になる者といえば、それは――。

「……まさか、お孫さん――ですか？」

あの明彦少年は、瀬川の家の血筋も引いている。財産を分配されうる、その対象なのだ。

「うむ――」

宗佑はうなずいた。

「孫になんらかの危害が加えられるのではないか、と私はそれを恐れているのだ。君は、そのつもりでここに来たのかね？」

鋭い眼で睨みつけられた。早見は慌て気味に首を横に振ろうとした。

その、瞬間——。

世界がぎしり、と軋むようにして停止した。

周囲のものすべての動きがゆっくりになっていき、意識だけがそこから弾き出されて、凍りついた世界から隔絶《かくぜつ》される。

（——うー、またか……）

早見の〈レイズィ・ノイズ〉が発動したのだった。そして孤立した彼の意識の周囲では、例によって異音が響いている。

〃やめろ、といったんだがな——〃

それは目の前の、杜名賀宗佑の声だったが、微妙に響きが甲高《かんだか》い。それは本人が、自分の発した声を聴いているその音だった。頭蓋骨に反響している分、音がやや高くなるのだ。

その声に被さるようにして聞こえるのは、赤ん坊の泣き声とも笑い声ともつかぬ、ぎぐぐ、という呻き声だった。

〃まあ、こうなったら仕方ないな、うん——〃

宗佑のその声は、どうも初孫の明彦を前にしてのものらしい。おそらくは娘の結婚にも反対していて、その間にできた子供も、将来に騒動の元になりそうだということがわかっていて、なお、その声はとても嬉しそうだった。

それはこの男の精神の裏にある、確固たる異音だった。この音がある限り、この男の決断にぶれは生じない——早見にわかるのはそれぐらいだったが、それだけわかれば充分だった。

それに逆らったら、誇張でも何でもなく、殺されるだろう。

　おっかねえな――と早見が感想を抱いたそのとき、この現象が終わった。

　意識が身体に戻って、世界が再び動き出す――。……と言っても、単に宗佑が早見を睨みつけている状態に復帰しただけで、大して変化はない。

　早見は、ふう、と息を少し吐いて、

「まさか――冗談じゃない」

　と宗佑に向かって、首を横に振ってみせた。

　二人の間で張りつめたものが流れると、横の神代が、

「まあ、実際に最有力の容疑者にあっさりと上げられてしまうような者では、謀略の役には立たないでしょうからね」

　と苦笑気味に言った。それは早見を馬鹿にするような言い方だったが、早見には腹を立てる余裕はなかった。

「……そんなものの役に立ってやるつもりもないしな」

　ため息混じりで言うと、宗佑が、

「そこで早見さん――君に依頼したい。探偵としての君に、私からも」

　と提言してきた。

「依頼？」

「孫を守ることを」

「――そいつは」

　早見はためらったが、それでも言った。

「私では充分な警備は無理ですよ。お孫さんが本当に狙われているのならば」

　正直な気持ちをはっきり口にした。確かに私立探偵の仕事の中にはストーカー被害に遭っている人を本人承諾の許《もと》に見張って、隠れた追跡者を見つけだすというように警備と類似のものもあるが、人的バックアップがないと充分なことはできない。探偵には逮捕権もない。

「むろん、あなたにだけ頼むわけではない。我々警察も当然、杜名賀家の人々を警備するのだから」

神代が口を挟んできた。宗佑と警視の間では既に話はついている。後はそれを早見に突きつけるだけなのだろう。

「——つまり、俺から保証を取る、と？」

早見がおそるおそる訊くと、宗佑は彼を睨んだまま、

「孫に何かあったら——契約不履行を足がかりにして、どこまでも追及する。裁判を起こし、別の罪でも起訴し、永遠に追い続けるぞ。たとえそれが東澱であってもだ」

と淡々とした口調で言った。完全に本気の眼だった。

そして神代が、彼に一枚の紙切れを渡した。それは仕事の契約書だった。必要なことはすべて書かれていて、後は早見のサインと拇印《ぼいん》が押されるだけだった。

「…………」

どう考えても逆らえる雰囲気ではない。それに——。

（まあ、反対する理由もない）

と、彼は素直にその契約書に署名した。

2

「…………」

明彦は、子供部屋の中で落ち着かない気持ちを味わっていた。

庭で大きな音が響いたときはちょっと面白かったけど、それからなんだか怖い顔をした大人がたくさんやってきて、広かったけど静かだった家は、急に別の場所に変わってしまったみたいだった。

彼も祖母に〝部屋でおとなしくしているように〟と厳しく言われて、それで部屋に籠《こ》もっている。ドアのところには警官が立っていて、この人もやっぱ

り怖い顔をしているので、なかなか廊下にも出られない。

「うーん……」

意味もなく部屋の中をごろごろと転がる。すると窓から見える下の庭で、二人の人間が話しているのが見えた。

「あっ——」

その内の一人は、ボロっちくてみすぼらしい癖に、妙に面白いあの探偵だった。戻ってきていたのだ。

そして、明彦の母の麻由美もいた。どうやら探偵が、彼女に何か話しかけているらしい。

麻由美は怒った顔をしている。不愉快だ、となにか探偵に大声を出しているみたいである。

その母の顔を見て、明彦はどきりとした。

この家に来てから——母としては帰郷してから、彼はあんな風に母が感情を露にしているところを見たことがなかったのだ。いつもぼーっとしていて、心がどこにあるのかもわからないような、そんな顔ばかりしていて——それが今、はっきりと怒りを顔に出していた。

「………」

彼はおそるおそる窓を開けて、二人が何を話しているのかを聞き取ろうとした。

＊

（さて——しかしどうするか）

宗佑から仕事の依頼を正式に受けて、早見は行動に移るしかない。

（とりあえず、警察の捜査状況は犯人の目的を絞り込むところまでは行っていない、と——外を回っても、今の段階では無駄足か）

となれば、内部の聞き込みを優先した方がいい。

（正直——自宅を襲っていることから、杜名賀グループがらみとはあまり思えないんだよな）

企業に対しての威嚇ならば、オフィスなり関連した場所なりを標的にした方がいい。外部への体面を無茶苦茶にさせられるからだ。しかしこれは個人宅への攻撃で、しかも近所には何の被害も及んでいない。

(となると個人への恨みということになるんだが――本当に瀬川なのかなあ)

何しろその当事者との接触がないので判断のしようがない。

いずれにせよ、彼が話をしておかなくてはならない人は決まっている。

麻由美である。

彼女の現時点での心証を確認しておかないと、二つの仕事のどちらも進行しない。もしも瀬川が爆発事件に関わっているのならば、最初の依頼は当然キャンセルであるが、そうでなかったら、平和的な離婚調停《ちょうてい》という方も、そっちはそっちでやらなくてはならないのだ。

(うー、めんどくせー……)

と彼が杜名賀の家の門を、警察に出入りを確認されながらくぐると、

「――探偵さん」

と声を掛けられた。庭の方からだ。振り向くと、そこには当の麻由美本人が立っていた。既に彼のことを待っていたらしい。

(考えることはお互いに同じか――)

彼が頭を下げつつ、彼女の近くに行くと、

「お父さんが、なにか言ったんでしょう」

と訊いてきた。相変わらずこの女性は話をいきなり始める。

「あー、まー、確かに杜名賀宗佑さんには別口の仕事の依頼を受けましたが、一応、守秘義務ってのがありまして、内容は秘密です」

正しくは〝孫本人には知らせるな〟ということなので母親には言ってもいいのだが、そこは早見の判断でやめた。

「だいたいわかるわ——お父さん、とにかく瀬川を信じていないから」

「あなたは？」

「……信じなくなったから、ここにいるのよ」

「前は信じていた？」

「信じたいとは思っていたけど……たぶん本当は、信じるとか信じないとか、そういうことを頭から追い出していたのね」

「ははあ、夏休みが永遠に続くと思って、いつまでも宿題に手をつけないでいた子供のようなものですか」

　早見がそう言うと麻由美は少し、ん？　と眉をひそめた。

　……なんだろう、この探偵は？

　麻由美は以前話したときにも感じた奇妙さを、またこの早見という男に対して感じた。

　ずけずけと踏み込んでくるようなことを言うかと思うと突然、妙に外れたところに話が飛ぶ。

　なんだか祖父と父の話からすると、どこかの金持ちの勘当息子らしいが——麻由美は世間的にはまったく名が知られていない東澱という存在の裏における影響力の大きさについてはまるでピンと来ない——やさぐれた不良めいた匂いも全然ない。何かに似ているような気もするが、それが何なのかはわからない。

「…………」

　彼女が黙っていると、探偵は頭をぽりぽり掻きながら、

「正直な話——あなたはこの騒ぎが瀬川さんの手引きだと思いますか」

　と、やけにストレートに訊いてきた。その訊き方から、ああ、こいつはもうわかっているな、と麻由美は思った。

「あなたが思ってるのと同じよ」

「……瀬川さんではない、と？」

「そういうことをするだけの度胸は、あの家にはないわ。やるとしたらもっとコソコソとしたやり方よ」

「……まあ、警察なんかは瀬川さんが直接命じたんじゃないにしても、その下の連中が自主的にやったんじゃないかとも、考えているみたいですが」

探偵の言葉に、麻由美はせせら笑いを浮かべて、

「あなたと同じように？」

と嫌味っぽく言ってやった。探偵は悪びれる様子も見せずに、

「まあ、そういうことですね。だとしたら瀬川さんの影響力というのは、ずいぶんとちぐはぐなもののようですが。一方では俺に頼んで話をまとめさせようとして、一方では暴力的に脅しつける、というんですからね――」

と不思議そうな顔をしている。

言われて、麻由美もやや不安になってきた。

「するとあなたは――むしろ瀬川の方だとしたら、実はもっと問題だというの？」

「既に支離滅裂ですからね――混乱の結果だとしたら、この先にどんなことが起きてしまうのか、まったく読めない」

深刻なことを、むしろひょうひょうとした口調で言うので、麻由美はだんだんこの男に苛立ってきた。

「……結局、あなたは何を責めているのかしら？」

そう訊ねると探偵は、は、ときょとんとした顔になって、

「なんのことですか」

「どうせお父さんも、そんな風に言っているんでしょ。あいつが瀬川なんかと結婚したから、こんな騒ぎになったとか、なんとか――」

つい、ストレスが高じてそんなことを口走ってしまう。

「私だって――こんな風になっちゃうなんて思わなかったわよ。確かに反対されたわ。うまく行きっこ

ないって。でも――でもみんなだって、言ってることなんか全然、なにもかもデタラメで的外《まとはず》れじゃないの！　そうよ、あのときだって――」

言いかけて、はっ、と麻由美は口をつぐんだ。

「あのとき？」

探偵は、彼女のそんな様子に不審を抱いたようで、鋭く訊いてきた。

「な、なんでもないのよ――そう、どうでもいいようなことよ」

（……なんだ？）

早見は、その彼女の態度に何かの断絶を感じ取った。

その件については、まったく他人とは共有するつもりのないこと――その断片だけが彼女からこぼれ落ちたような、そんな感触を。

しかしそれは単なるあやふやな印象に過ぎず、内実まではまったくわからない。


（こういうときに能力が発動してくれれば楽なんだが――）

とは思っても、都合良く出てきてくれないのが〝レイズィ・ノイズ〟なのでしょうがない。

（あのとき、っていうからには昔の話だ――それが彼女の心に突き刺さっているのか？）

しかし、それを突っ込んで訊いても、こちらには何の材料もないのだから、白《しら》を切られておしまいだろう。

いずれにせよ瀬川の犯行かどうかを彼女に問いつめていっても無駄なようだ。彼女も半信半疑《はんしんはんぎ》で、それは早見の印象と一致するということを確認できただけで良かったとせねばなるまい。

そのとき、彼はふと上の階のベランダの陰に隠れるようにして、こっそりと明彦少年がこちらを覗いているのに気づいた。

「――よお」

と手を上げて挨拶すると、びっくりしたような顔になった。こそこそ見ていたのが気まずいらしい。

麻由美はぎくりとして、早見の視線を追いかけて息子を発見した。

「何してるの！　危ないから外に出ないでって言われてるでしょう！」

大声で叱りつけたが、それは自分の動揺を隠すためのもののようにも思えた。明彦はびくっ、と身を縮《ちぢ》こませて、うなだれてしまった。

「まあ、ベランダから外を見るぐらいなら大丈夫ですよ。周りに見張りが一杯いるし」

「そういうことじゃなくって——どうして」

言われたことを守れないのか、と言おうとしていたのだろう。ところがその途中で、彼女の顔に苦いものがみるみるうちに浮かんだと思うと、また黙り込んでしまった。

（——おや？）

早見は訝しんだ。それはなんだか——我が身をつい振り返ってしまったときの沈黙のようにも思えたのだ。

早見はとにかく場をおさめようと思い、明彦に、

「おい、母ちゃんがこう言ってるから、おまえはとにかく窓に鍵掛けて、部屋でおとなしくしていた方が良さそうだぞ」

と言った。彼は素直にうなずいて、家の中に戻っていった。

「…………」

麻由美は難しい顔をして、早見を睨みつけている。

「お子さんに勝手なこと言っちゃいましたかね？」

早見がかるく謝ろうとすると、麻由美はそんなことにはお構いなしで、きつい目つきのまま、

「あなた——本当にお坊っちゃんなの？」

と変なことを訊いてきた。

「はあ？」

「何が〝母ちゃん〟よ。人を妙な名前で呼ばないでください。そんな言い方、育ちが悪そうだわ」

「母ちゃんは母ちゃんでしょ？」

彼自身は死んだ母のことをそう呼んでいたので、父とは何を言われているのかよくわからなかった。

——生前に話したことがあまりなかった。

「ああもう、それじゃ、なんか——」

麻由美は言いかけて、そして首を横に振った。

「もういいです。あなたって変な人ね」

それで決着がついたらしい。早見はそりゃどうも、と頭をぽりぽりと掻いた。

3

「……出てきたぞ」

早見壬敦が杜名賀家の門から姿を見せたのを確認して、伊佐が車内の二人に声を掛けた。

千条と奈緒瀬も、視線を向けてその探偵を確認した。

「どこへ行くのかな？」

千条が、壬敦とその周辺の様子を同時に観察しながら呟いた。

「この周辺には、彼はまだ宿をとっていないようだし——一度帰宅するのかな？」

「まったく、呑気そうな顔をして——」

奈緒瀬はまだ兄にイライラしているようだ。声に棘がある。

彼ら三人は、少し離れた路上に警察の許可を取って、こうして杜名賀家を見張っていたのだった。

彼らの推測では、早見壬敦こそがペイパーカットの〝標的〟の最有力候補である以上、それを見張るのは必要なことだった。

杜名賀家の他の人間に関しては、警察が張り付いている。警官に化けたペイパーカットが現れる可能性もあるが、それは正直伊佐たちには、

（どうしようもない——）

ことである。それを防ぐことのできた事例は過去に存在しない。ペイパーカットを押さえられるとす

れば、それは奴の行動を先回りして、来たところを突くしかない。

「どうする——彼にペイパーカットのことを教えるか？」

伊佐が呟くように言った。それは二人への問いかけであると同時に、自分でも考えていた。

「その必要はないでしょう」

奈緒瀬がきっぱりと言った。千条もうなずいて、

「現時点では情報をむやみに流出させるのは得策とは言えないね」

と同意した。しかし伊佐はまだ考え込んでいる。

「…………」

壬敦はというと、家から少し離れたところをうろうろしていて、辺りをきょろきょろと見回している。

「何かを探しているのかな？」

千条が言った、そのタイミングにまるで合わせたかのように、くるっ、と壬敦が三人の乗った車の方を向いた。ウインドウには遮光《しゃこう》処理がしてあるので、外部からは乗っている人間の姿は見えないはずだったが——ああ、と少し相好《そうごう》を崩して、そしてそのまま彼は、伊佐たちの方にやってきた。

思わず三人は顔を見合わせてしまったが、しかし逃げるほどの事態でもない。

こんこん、と車の窓がノックされた。明らかに親しげなニュアンスのある、気安いノックだった。

伊佐は窓を開けた。

「よお」

壬敦はおどけた調子で手を上げて挨拶してきた。

伊佐は肩をすくめて、車の後部席を開けてやった。壬敦は普通に乗り込んできた。

その隣には当然、奈緒瀬が乗っている。彼女は兄をきっ、と睨みつけた。

「警察には勾留《こうりゅう》されなかったんですか？」

「いやあ、俺ってばホラ、前科《まえ》もないし、普段から素行がいいからさ」

「……捕まってしまえばよかったのに」

「おいおい、つれないなあ」

「あなたには一度くらい、頭を冷やす機会があった方がいいんです」

「俺はいつだってクールだぜ？　何事にも動じない鉄の男ってな」

「単に頭が悪くて状況が把握できないだけじゃないんですか？」

「無茶苦茶言うなあ」

……ほっとくといつまでも他愛のない兄妹喧嘩を続けそうなので、伊佐が口を挟んだ。

「それで――早見さん？」

「ああ、ミミさんでいいぜ」

「――あ？」

「いや、俺の綽名さ。姓と名を繋《つな》げるとハヤ、ミミ、ツル、だろ？　だからミミさんだよ。友だちはみんなそう呼ぶぜ」

「……友だちなんかロクにいない癖《くせ》に」

奈緒瀬が苛立たしげに呟いても、壬敦はそれを無視して伊佐に、

「そういや、きちんと挨拶していなかったな。よろしく。伊佐さんだったな。保険の調査員《オプ》ってことは一応、同業者ってことになるのかな？」

と言って握手を求めてきた。伊佐はそれを握り返す。

しかしその手の力加減で、伊佐はすぐにこの男がただ者でないと気づいた。力を入れすぎず、こっちが強く握って、相手を強引に引っ張り込もうとしたら、すぐに逆に腕を取って関節を極《き》めてしまう――そういう力の入れ方であり、流し方だった。

(見た目と違って――修羅場を知っている)

それはおそらく、妹には教えていない経験だろう。

「――よろしく」

伊佐のサングラス越しの視線で、壬敦も彼が何を読み取ったのか気づいたらしい。やや苦笑気味に、

「お互い苦労しているのかな？」

と言ってきた。

「みたいだな——こっちは千条雅人だ」

「よろしく、ノッポさん」

「どうもよろしくお願いします」

千条は例によって無表情に、どんな相手にも共通の機械的な握手をしただけだった。

壬敦はそのぐにゃりと脱力した無抵抗の握手に、ちょっと眉をひそめた。伊佐と違いすぎるのに戸惑ったのだろう。

（関節を取って、折っても——千条はまったく痛みを感じないんだからな）

伊佐は心の中で呟いたが、もちろん一々説明したりはしない。

「それで——どうして我々に？」

伊佐の問いかけに、壬敦はとぼけたような顔をして、

「逆だろ？」

と言った。

「おたくらの方が、俺に訊きたいことがあるんじゃないのか？　それで俺を捜していたんだろう？」

「別に、あなたを捜していたのは警察も含めて関係者の全員で、我々だけが殊更に捜していたわけではないと思いますが」

千条が異議を唱えると、壬敦はちっちっち、と指先を振ってみせて、

「そういうつまんねー駆け引きみたいなことはよそうぜ。時間の無駄だ。あんたらは特に、俺を捜していた——容疑者とかなんとか、そういうんじゃないし、だ。狙いは何だ？」

と、気楽な調子で訊いてきた。口調に似合わない、明確な断定だった。

「…………」

伊佐は壬敦の眼を見つめ返した。しかし口は開かない。すると壬敦も伊佐を見つめ続けて、眼を逸らさない。

そこに奈緒瀬が、

「お兄さまには、何も知る権利なんてないんです」

ときつい声で言った。

「みんなにさんざん迷惑を掛けているんですから、おとなしくこの件が片づくまで、別の場所で待機していただきます」

「おいおい、まるで逮捕するみたいだな？」

「お望みならば、警察の留置場に今からでも入れてもらいますけれど？」

奈緒瀬の態度は本気のそれで、ふざけているようには聞こえなかった。

（まあ、確かに彼がペイパーカットに狙われているのならば、安全の確保も考えなければならないんだが――）

だが、どこかに匿《かくま》ったところで、相手がペイパーカットではそれは通用しない。この前の事件でも、東澱がその財力と影響力をフルに使ってホテルの最上階で警護していた人間が、あっさりと死亡していたのだ。

「うわ、容赦ないねえ」

壬敦はやはり、へらへらと笑っている。

「ああ、いつからおまえはそんなに怖い娘になってしまったのか、我が妹よ――昔は、俺が子守歌を歌ってやればすぐ寝つく良い子だったのに」

「そんな赤ちゃんの頃のことを言われても、私は知りません！」

奈緒瀬は苛立って、思わず怒鳴っていた。兄の脳天気ぶりに、真剣に腹が立っているようだった。

すると壬敦はそんな妹の激しい反応に、ふっ、とかすかに微笑んで、

「――やっぱり、おまえが直々に来ているだけの理由はあるんだな？」

と静かな声で言った。妹が本気なのを、彼も確信したのだ。

む、と奈緒瀬が少しバツの悪そうな顔になった。

「おまえ、最近になって爺さんに何か命じられたと

かなんとかって話だが——そいつか」

壬敦は一人で、うんうん、とうなずく。

「なんだか、ずいぶんと大事《おおごと》みたいじゃないか」

「…………」

奈緒瀬は黙り込んだ。

そこで伊佐が、静寂の中ゆっくりと口を開いた。

「我々は——ある者を追っている」

彼の発言に、奈緒瀬と千条が同時に彼の方を見た。しかし伊佐は彼女らの視線を受けとめつつも、あくまでも壬敦に向かって、

「そしてその者が、この件に介入しているらしいという感触を得ている——だからここにいる。そしてそれの危険は、あんたにも及んでいるんだよ、ミミさん」

あえて、さっきふざけ半分で名乗られた綽名の方で、相手を呼んだ。

「——ふむ」

壬敦は無精髭が生えているアゴに手を当てた。

「そいつが例の爆弾魔だと？　いや……違うな。それなら警察に任せればいい——」

「そうだな」

「つまりは、犯罪者だと立証できないような、特別な敵がいるってことか。あんたはそいつを狩り立てるハンターって訳だ」

「それは違うな」

「そうか？　そういう感じがするけどな」

「ハンターとは、一度でも相手を狩ったことがある者にしか使えない呼び方だろう」

伊佐のきっぱりとした言葉に、壬敦のアゴをさする手が停まった。

「——つまり、歯が立っていない、と？」

「情けない話だが、そういうことだ」

「ふうん……」

壬敦は少し、値踏みするように伊佐のことをじろじろと見据えた。

「あんたがそうそう、しくじるとも思えないがね」

「それはその通りですね」

唐突に千条が口を挟んできた。

「確かに伊佐は、これまでも決して失敗していたとは言えないからね。彼は優秀で、あなたはその意見を素直に聞いた方がいいと思われますよ」

回りくどいのか押しつけがましいのか、なんとも変な言い方だった。伊佐を誉《ほ》めているのか、それとも遠回しな嫌味なのかわからない。

伊佐は思わず顔をしかめた。

「おまえは、少し黙ってろ」

「そうしたいんだがね、この早見壬敦さんが君に対してやや誘導尋問めいたことを述べ始めているので、それを多少は牽制《けんせい》する必要があるんじゃないかと」

「そういうことは、本人を目の前にして言うんじゃない」

「どうせ彼は、我々が警戒していることを、既に知っているよ。それを隠すことはないだろう」

千条はケロリとして言った。腹芸、というものをまったく理解していないのだからその態度は堂々たるものである。

奈緒瀬が、はあ、とため息をつき、そして壬敦は、わはは、と笑った。

「なんだよ、仲間割れか？　しかし何を言い争っているのか、正直よくわからんな——面白いコンビだな、あんたら」

「ああ、自覚してるよ」

伊佐は肩をすくめた。千条はまったくの無反応で、

「さて——もう話が進んでしまいましたので、質問はより明確にしてしまっても構わなくなりました。あなたは、この土地に来てから、あるいはその途上で何らかの不審人物と出会いましたか？」

と、真っ向から質問した。これに壬敦は、

「そうだな——」

と、多少考え込むような素振りをしてみせた。

＊

……伊佐と千条、こいつらは何を追いかけているのか。

早見は質問されて、その裏に何かがあるのかと考えてみた。しかしそれに関しては、

（——なんにもねえな）

と判断した。本当に、彼が怪しい奴と出会ったかどうかということにしか興味がないのだ。それで別のことを知ろうというのではない。

しかし、だとすれば——

（怪しい奴、か……）

訊かれているような意味では、それはない。彼の感覚で、この二人が血眼《ちまなこ》になって捜す必要がありそうな危険な存在とはこれまで遭遇していない。

でも——変な奴とは、何度も会っている。

ここに来る前にも会ったし、ついさっきまでも、ずっと一緒に山の中を歩いていた。自分のことを紙切れにモノを記すのが仕事の、しがない物書きだと言っていた、そいつ——。

（だが——）

それを言うのが、何故かためらわれた。理由はわからない。わからないが——それはどういう訳か、ひどく本能的な感覚だった。

その出会いを他の者に軽々しく言ってはいけないような、そんな気がした。特に妹には、不用意に告げるのが、とても——

（……なんだ、この感覚は——）

それはひどく不快な感触だった。胸の奥がざわついて、落ち着かなくなる……。

「——いいや、別に」

気がつくと、口が勝手に動いてそう言っていた。自分でもどうしてそう言ったのか、まったく理解できなかった。

「そうか——」

伊佐がサングラスの奥で、やや眼を細めるようにして、彼を再び見つめてきた。その視線から多少眼を逸らしつつ、

「怪しいって言うけど、そいつにはどんな特徴があるんだ？」

と千条の方に質問をしてみた。すると相手は大真面目な顔をして、

「それが特定できないから、困っているんですよ。とてもね」

と、なんとも不明瞭なことを言った。続いて奈緒瀬が、

「どうせ、お兄さまには理解できませんから」

とため息混じりで呟いた。

「――そうですかね、っと」

ふざけたように言って、車の天井を見上げたりしてみた。

そんな彼を、伊佐だけがずっと覗き込むようにして、見つめてくる。


（伊佐俊一、ね……こいつにはどんな異音があるんだろうな？　なんか聞いてみたい気もする、かな……？）

ふと早見はそんなことを思った。他人と反射的に距離を取ってしまう傾向のある彼が、誰かに対してそんなことを思うのは、実は伊佐が初めてのことだったが、そのことには気づいていなかった。

「――そいつのことを、あんたは個人的にどう思っているんだ」

早見は伊佐に訊いてみた。伊佐はためらうことなく、

「もしもこの世で、最も悪い者がいるとしたら、そいつは自分が知ってることや持っているものを、誰にも、何にも分け与えようとはしない奴だろう――」

と不思議なことを言った。そのまま真剣な表情で、

「そいつはただ、奪い取るだけだ」

と囁くように言う。

ぼつ、ぼつ——と車の屋根の方から鈍い音が響いてきた。夜空から大粒の水滴が落ちてくる音だ。

雨が降ってきたようだった。

CUT/4.
Naose Higasiori

大好きなことも、吐くほど嫌いなことも
抱きしめたいことも、うとましいことも

——みなもと雫〈ヘルプレス・サマー〉

1

夜半から降り始めた雨はやがて本降りになり、翌日の朝になってもさらに強くなっていく一方だった。

「嫌な雨だな——」

杜名賀宗佑は、窓の外を絶え間なく滴《したた》り落ちていく水を眺めながら、うんざりしたように言った。

「しかし、爆発物が単純な発火性のものならば、この雨で無力化できますよ」

神代警視が言うと、宗佑は首を横に振った。

「そういうことではない——昔のことを思い出していたのだ」

「昔？　雨に何か因縁《いんねん》でも？」

二人は、杜名賀邸の書斎に昨日から籠もっている。他の警察関係者もひっきりなしに訪れては出ていく。そこを事実上の対策本部として使っているのだ。宗佑は知らされていないが、もちろんペイパーカットの予告状が置かれていた応接間は避けるという意味もある。

「君などは若いから、当時はまだ子供だったろうから、詳しくは知らないと思うが——義母が殺されたのが、ちょうどこんな雨の日のことだったのだ」

「ああ——なるほど」

言われて、神代も納得した。例の青柳による杜名賀朋美殺害事件は、大雨の中で起こったのだった。

「当時は、会長は——」

「私は仕事で外に出ていた。話を聞いて急いで戻ったときには、既に遅かった。警察を責めるわけではないが——青柳をもっと早く確保していれば、あの惨劇は防げたはずだな」

「真に申し訳ありません」

もちろん当時は警官でも何でもなかった神代は、まるで当時の直接の関係者のような態度で詫びてみせた。欺瞞《ぎまん》——それ以外の何物でもないが、それを感じさせない物腰がこの若いキャリアにはあった。

「今回はもう、あのような事態には決してさせぬ」

宗佑はきっぱりと言って、それから少し頭を振った。

「……それと、これは少し迷信めいた話になるのだが、この土地では古来、雨の日は不吉とされているのだ」

「不吉――ですか？」

「元は純然たる自然の理由だ――大雨が降ると、あの禿猿山で土砂崩れが起きるからだ。近年は補強作業もさせているから、そうそう崩れないが、かつてはそうではなかった」

「そういえばあの山は、妙に樹がありませんね。伐採してしまったのですか」

「私がこの家に婿として来たときには、もうあの状態だったし、昔からそうだったようだ。なにか――昔の、後に他の武士に滅ぼされてしまった土地の者たちが全部伐ってしまったとかいう話だったが――そこで何やら、祟《たた》りがどうとかいう話もあるらしい。下らん話とこれまでは気にも留めていなかったが――」

宗佑は雨を睨みつけながら、呻くように言った。

「――私が歳を取ったのかも知れないが、今はそれさえも警戒しなければという気になっている」

あらゆる悪い可能性をすべて排除しなければ気がすまない、という徹底した意志が込められた眼になっていた。

「禿猿の祟りですか――そういえばお養父《とう》様の方は、言い伝えを信じておられるんですかね？」

「いや――」

宗佑はやや考えて、それから口を開いた。

「養父《ちち》とは、そう言えばそういった話を一度もしていないな――」

殺人鬼の青柳と宗佑には面識がない。因縁があったのは先代の礼治の時代の話なので、どういう確執《かくしつ》があったのかも実はよく知らないのだった。

やや沈黙が落ちた。だがすぐにその静寂は、テーブルに置かれていた警察回線用の携帯電話が着信することで破られた。神代がすぐに出る。

「なんだ——ああ、例の東澱の息子か？」

早見に貼り付けさせている部下からの連絡だった。

それによると、どうやら早見は昨晩から近くの宿などで聞き込みを始めているらしい。

「私立探偵と称してか？　まあ嘘ではないんだが——いや、放っておけ。彼に対する明確な容疑はまだない。今はどこに——山？　なんのことだ？」

神代がやや鋭い目つきになった。

「あの禿猿山のことか？　なんでそんなところに——いや、無理なら尾行しなくていい。それより杜名賀家の警備を最優先だ。一応、定期的に呼び出せるなら呼び出して、現在位置を教えさせろ。遠慮はするな。いいな」

東澱だという素性を知っている部下だと、やはりどうしてもビビってしまうようだった。

「どうした？」

宗佑が訊いてきた。

「いや、例の早見壬敦ですが——今日は禿猿山に向かったそうです。目的は不明ですが。一応、依頼された仕事で必要だから、と言っているらしいです」

「ずいぶんと的外れなことをしているみたいだな——」

宗佑が、名目上とはいえ仕事を依頼した探偵の技量に一抹《いちまつ》の不安を感じた、そのときだった。

こんこん、と部屋に遠慮がちなノックの音が響いた。

「誰だ？」

神代が訊ねると、なにやらもごもごとしたはっきりしない声が聞こえてきた。

「ん？」

と不審に思った神代がやや乱暴に扉を開けると、そこには明彦少年が立っていた。びっくりして、立ちすくんでいる。

「おお、どうした明彦。危ないからこっちへはあまり来るんじゃないぞ」

宗佑が孫に優しく話しかけると、彼は、ううん、とかすかにためらってから、

「えと……あの、今日はその……学校――登校日で」

と言った。宗佑は思わず神代と眼を合わせてしまった。

「そうか――夏休みだとばかり思っていたが」

「どうしますか？　休んでもらった方が――」

ううむ、と宗佑は唸《うな》ったが、孫に向き直って、

「おまえは行きたいのか？」

「休むと――なんか後から言われるし」

もじもじしながら言う。

「そうか――ならば正々堂々と行くがいい」

宗佑はきっぱりと言った。

「明彦、支度をしてきなさい」

少年はうなずいて、自室へと戻っていった。すると神代が、

「会長――ですが」

と当然の抗議をしようとしたが、これに宗佑は、

「警備はしてもらう。学校にも連絡して断りを入れる。ただし目立ってはいかんな」

とあっさり反論を封じた。

「はあ――」

「こんなことで孫が負い目を持つのは良くない。こそこそしていて安全は確保できても、びくびくと怯えた子供になってしまってはどうしようもない」

「――」

神代は一瞬だけ、ひどく冷たい表情になった。だがすぐに普通の顔に戻って、

「では、おっしゃるとおりに」

と頭を下げた。それはあくまでも相手の発言と意志におもねるだけの、誠意のない反応だった。

2

時間は少し遡《さかのぼ》り、昨晩のことである――。

早見は妹や伊佐たちと別れて、そのまま近くの駅近くのビジネスホテルに宿を取った。聞き込みもしてみたが、特にこれといってはかばかしい感触はなかった。それは予想通りのことだった。

(やはり――近くには泊まっている様子がない)

あれだけ目立つ、銀色の髪をした男がこの狭い街で、誰にも見つからないで潜《ひそ》むことなどできそうもないのに――誰も彼を見ていない。

(アメヤ――やはり彼が、伊佐たちが追いかけているその〝標的〟なのか……?)

それだけでなく、杜名賀家を襲撃した犯人の方の痕跡もない。そっちは警察もさんざん調べているので、何も出てきていないことに疑問の余地はない。

(だとしたら――ただの嫌がらせではない。プロの手口だ)

この二つのことは重なっているのだろうか。なにかひどく嫌な感じがしてならなかった。

「…………」

電気もつけないで、ホテルのベッドの上で天井を睨みつけながら、早見は頭の中でぐるぐると想いを巡らせていた。

〝それがなければ生きていく意味がないようなもの、生命に等しい価値のあるものだ〟

飴屋の言葉が、妙に思い出されて仕方がない。

ある意味で彼は今、複数の依頼に挟まれて身動きがとれない状態である。次に何をして良いのかわからない――はずだった。

だが、今の彼には迷いがなかった。明日やることはもう決まっていた。

(――とにかく、あの山に行こう)

それを決意していた。何故かは色々と理由はつけられるだろう。しかしそのどれもが、実はどうでもいいような気もしていた。

（なんだか――俺は引き寄せられている）

それが偽らざる気持ちだった。あの山に絡みついている因縁のようなものが、磁力を発して彼を呼んでいる、そんな感触があった。彼は特殊な能力がある故《ゆえ》に、逆に神秘的なものに対しては冷笑的なところがあるのだが――自分がこの程度なのだから、超常現象などみんなたかが知れていると思ってしまうのだ――今回は妙に、霊感めいたものに支配されている気がしてならなかった。

「…………」

暗い安ホテルの部屋には、外の雨音ばかりがやけに大きく響いている。きっと明日になっても降っているだろう。

その音を聞きながら、彼はふと数年前のことを思い出していた。それは彼がまだ東澱の家にいた頃の話だった――。

＊

その日は外が土砂降りだというのに、高級ホテルの大広間に用意されたパーティの席には人が溢れていた。

老若男女、様々な人々がいるが、彼らはいずれも各界で名が知れた者たちであり、成功者たちだった。その人々が招待された以上、必ず来なければならないパーティとは――来年にはきっと破綻《はたん》しているであろうという企業が、最後の起死回生を賭けた新事業の発表会の二次会だった。

もちろん、ここに集まっている者たちは、その企業がもう助からないことなど知っている。だがそれが危険と知りつつ手を付けた事業の方には大いに関心がある――本社が潰れた後で、その利権を有利な条件で手に入れるためにだ。

死臭を嗅《か》ぎつけたハイエナたちが、獲物に群がっているのだ——それがわかるだけに、無理矢理に出席させられた東瀬壬敦はげんなりしていた。

（しっかし、よくもまあ心にもないことばかりベラベラ喋れるなあ——）

ホールの前に設置された壇上では、来賓《らいひん》として呼ばれた経営コンサルタントとやらが未来の希望に満ちた展望を語っているが、中身のない大袈裟《おおげさ》な言葉と身振り手振りに、彼自身そんなものをカケラも信じていないであろうことは明白だった。

大学に在籍中でありながら、こういう場に呼び出される彼も、最近は海外ブランドの高級スーツばかりを着せられていて、それが徐々に似合うようになってきているのが自分でもちょっと嫌だった。

彼は極力目立たないように、隅っこの方にいるのであまり人から話しかけられない。もし東瀬の次男坊だとわかったら、周《まわ》りの連中が一斉にゴマスリに来るのは経験済みなので、それを避けたかったのだ。いつも彼を連れ出す兄も、今は誰か別の偉いさんと遠くの方で何やら話し込んでいる。きっとこのパーティの主催者をいつ潰すか、というようなことを遠回しな口調で、何食わぬ顔をして話しているのだろう。

（——ん？）

壬敦はふと、自分と同じように隅っこの方でぼんやりと立っている男を見つけた。その顔には見覚えがあった。ついさっきまで壇上で挨拶していたこの企業の、専務だか副社長か何かだった。

なんだかげっそりと、やつれて見えた。ちょっと前まではニコニコと笑顔を振りまいていたので、その衰弱ぶりが一層際立って見えた。

おそらくは無理矢理に重責を負わされて、しかもそれを果たせる自信がないのだろう。

そして周囲に溢《あふ》れんばかりに集まっている大勢の者たちは全員、彼を助ける気がまるでないのだ。

（ひでえ話だな——）

彼はふと、あそこにいるのが自分だったらどうなるだろう、と思った。正直、まったくピンと来なかった。

では、身内の兄だったら——あるいはまだ女子高生の妹だったら、どうだろうかと思った。

「……むう」

気がつくと奥歯をぎりぎりと嚙みしめていた。とても不快だった。それは恐怖や不安というよりも、むしろ怒りに近い感覚だった。

レイズィ・ノイズが発現していないのに、世界中が異音で充満しているような、全身の毛が逆立つような——たまらない気がした。ふいに大声を張り上げて、ネクタイを引きちぎってどこかへ駆け出してしまいたくなった。

すると——向こう側でうなだれていたその男に、誰かが話しかけてきた。

憔悴《しょうすい》した男は、その人物を見てびくっ、と反応した。

その人物の歳の頃は彼の父親が生きていたら、そのくらいであろうという感じだったが、なんだか——それよりも若いようにも、逆に老成しているようにも見える、不思議な男性だった。しかし身なりは立派で、威厳だけならば、この場にいる誰よりもありそうに見えた。実際、壬敦はそういう雰囲気を出している人物にはこれまで、大臣やら高官やらも含めて、祖父の久既雄以外には会ったことがなかった。

（誰だ——？）

その人物は、なにやら弱った男に囁きかけている。

すると男は、最初はおっかなびっくりだったが、やがてその顔に驚きと共に生気がみるみる甦《よみがえ》ってきた。

急に背筋が伸びて、そして男性に向かってありがとうございます、と頭を深々と下げたかと思うと、その場から走って去っていってしまった。それは急に生じた仕事に駆けつけるときの、そういう去り方だった。

「…………」

壬敦はぽかん、としてその様子を見ていたが、見ていたのは彼だけではなかった。気がつくと、誰もがその男を見ているのだった。彼は最初から注目の的だったのだ。

その彼が何をしたのか――潰れそうな会社だったはずのものに何を吹き込んだのか、それを誰もが知りたがっているのが明白だった。

その男性はそんな皆の注視を気にする素振りもなく、落ち着いた様子で周囲を少し見回して、そして――壬敦と眼が合った。

微笑んできた。壬敦は正直、戸惑った。だが男はそのまま彼のところにやってきて、

「ああ、あなたが東瀏さんの弟さんですね。はじめまして」

と話しかけてきた。向こうはこっちの顔を知っていた。

「は、はい――」

壬敦は気圧《けお》された。誰だかわからないが、おそらくは有名人であろうその男に、誰ですかとは訊けないような雰囲気だった。

すると――その瞬間、世界が停止した。

レイズィ・ノイズが発動したのだ。

あらゆる動きと音が、虚空《こくう》の彼方に吸い込まれていって、そして――異音だけが、どこからともなく響いてくる。

〝……おまえは、どこにも……行けまい――糸はすべて、切れている……〟

それはひどくぼそぼそと、途切れがちな呟きであり、まるで空気が漏れだしている音のようだった。特徴に欠け、およそ印象の薄い、力のない囁きだ。

だが――それはこの目の前の威厳ある男性にとっ

ては、その人生で決定的な意味を持つ声であり、言葉なのだろう。

なんだ——と壬敦が訝しむ間もなく、世界が元に戻った。

はっ、と我に返って、あらためて目の前の男を見つめてしまう。こんなにも確固として力強く見える男が、あんなどうでもいいような囁きに、心の奥を縛りつけられているのか……？

彼がそう思っていると、目の前の男はかすかに、むー、と眉をひそめた。それは不審がっているというよりもなんだか、納得した、みたいな表情であった。そうだったのか、と言っているような——。

そして彼は、壬敦の耳元に口を寄せて、そして囁いた。

その言葉はひどく謎めいていて、そして——

「君は、その能力を世界から隠すべきだ。それを狩り立てている者がいるから——しかし完全に封じようともしない方がいい。無理に使わずにいることは君を歪めるだろう。溺れず、流されず——その道を探せ」

——真剣だった。思わず壬敦は身を引いてしまった。

男は彼の肩を、ぽん、と叩いて、そして離れていった。

「…………」

彼が茫然としていると、慌てた様子の兄の時雄が彼のところにやってきて、奥の方に引っ張り込んだ。

「おい壬敦！　あいつに何を言われた？」

ひどく切羽詰まったような顔になっている。優等生タイプで、いつも冷静沈着な兄らしくもなく、焦った様子だった。

「い、いや——」

能力云々《うんぬん》、などと言っても誰にも信じてもらえないだろう。そこは適当に、

「なんか、頑張れよ、みたいな」

「それだけか？」

「な、なんだよ。あいつ、誰なんだ？」

　彼がそう訊くと、兄は呆れた、という顔になった。

「知らないのか？　あいつが例のＭＣＥの代表、寺《てら》月恭一郎《つききょういちろう》だよ」

　その名前は確かに、有名なものだった。寺月恭一郎と言えば、まるで魔法のような手口で数々の新事業を成功させ、あっという間に財をなした業界一の成長株だった。全国規模でビルをいくつも買い取ったり、都市計画から絡んで新しく建設したりしている。そのくせ過去の来歴がはっきりせず、一種伝説的な存在になっているという――。

「あれが――寺月恭一郎……？」

　壬敦は動揺と共に、その名を胸に刻み込んだ。いつか二人きりで話をしなくてはならない、と思ったのだ。

*

　だが――寺月恭一郎が謎の死を遂げるのは、そのわずか一ヶ月後のことだった。遂に壬敦は、彼がどうして自分の能力のことを見抜いたのか、そしてあの不思議な忠告の意味は何だったのか、それを訊けずに終わってしまった。
　それでも、彼は興味がどうしてもあったので、やや無理矢理に入り込むような形で、寺月の死後は即座に整理されていった企業ＭＣＥ関連の仕事を手伝い、それが違法合法すれすれの辺りになるにつれてだんだん個人的な依頼という形になっていき、やがては私立探偵という看板を掲《かか》げて家から出るところにまで繋がるのだった。それは表向きは、大学生になった妹がそれまでの彼と同じようなことに関わるようになり、かつ彼女の方が優秀だったので、身を引くようにして後継者争いのトラブルを避けた――

という側面もあった。

だが、誰にも言わない本音の部分では、早見壬敦は寺月の忠告に従っているのだった。

〝道を探せ〟

それを守っている。世界のどこかに、彼のこの中途半端な能力の意味をはっきりとさせる何かがあるのではないか――だから彼は、調べることを、探し求めることを生業《なりわい》とする探偵をやっているのだった。

あの日も外では雨が降っていた。

そして今日も――。

(…………)

安ホテルの汚れた天井を見つめながら、早見は今度こそ、もう一度会わねばならない人物のことを考えていた。

〝キャビネッセンス〟という概念につながる、その不思議な人物のことを――。

3

翌朝になって、早見壬敦が禿猿山に入っていくのを密かに追いかけていく者たちがいた。

伊佐俊一と千条雅人である。

「この雨の中、なんでわざわざ外に出て行くんだろう」

千条がもっともな疑問を口にした。すると伊佐は、

「――千条、警戒しておけ」

と厳しい声で言った。

「どういうことだい?」

「おそらく――彼は既に、奴に会っている」

それは確信のある声だった。千条は少し相棒の顔を見つめた。

「……君は今回の件は、何らかの偽装の可能性が高いと言っていたじゃないか。判断をどこで変えたん

だい？」

「俺にもよくわからん。だが、あの男は何かを隠している。それだけは確かだ」

「しかし、何のために？　彼がペイパーカットの共犯者だとでも言うのかい？」

「その志願者のつもりなのかも知れない――奴に惹《ひ》かれているような、そんなところがあるのかも……いや」

伊佐はさすがに、直観だけであれこれと決めつけるのはどうかと思った。

「とにかく今は、あの男を追う。どこに行くつもりなのか、何を捜しているのかを突きとめる必要があるだろう」

「東澱の令嬢には知らせるかい？」

彼女も、付近のホテルに宿泊しているはずである。

「まだいいだろう――朝も早いし、起こすのもなんだ。それに――」

兄をあからさまに疑っている、と言われたら、表面上はさておき、奈緒瀬はきっと傷つくだろう、と思った。

「――こっちも確証はないんだ。すべては見極めてからだ」

「わかったよ」

二人はある程度までは、車で徒歩の早見をゆっくりと追跡していたが、やがて自分たちも車を降りた。山道になり、車では入れなくなったのだ。

雨は降り続いている。

早見の差している白い傘が、くるくると回っているのが遠くからでもよく見える。千条と伊佐は軽装のレインコートを着ているだけだ。暑いので、多少濡れても身体は冷えないと思って、目立たない方を選んだのである。赤茶けた色はちょうど迷彩服のような役割を果たしていた。

早見は、妙に早い足取りで進んでいくかと思うと、ふいに立ち止まって十分以上も同じところで辺りをきょろきょろと見回したり、ゆっくりと同じ道を何度も何度も行ったり来たりしたりと、およそ挙動不審である。

「——彼は何しているのかな」

千条が伊佐の耳元で囁いた。

「誰かを捜しているにしては変だよ。人間相手だったら、視線はいつもその人の背の高さ辺りのはずなのに——彼はとにかく、地面にも空にも頻繁《ひんぱん》に視線を巡らせている」

「そうだな——」

伊佐は、彼は見える物を探していないのかも知れない、と思った。ではそれはなんだ、と言われれば答えられないが、しかし——確かに千条が言うように、とにかく首をよく動かしている。

顔に、風を受ける角度を変えているみたいな——そこまでは観察できるが、もちろん彼には早見が風の音を探しているのだとは思いも寄らなかった。それは彼らの理解を越えた領域の話だったからだ。


しばらくそうして、ふらふらと山の中をさまよっていた早見だったが、だんだんとその移動コースが山を降りるような方角にと変わってきた。とりあえずまだ探しながらも、収穫なしとして帰ることを考えはじめたのだろうか。

それならば、と伊佐と千条は二手に分かれて、千条がルートを先回りすることにした。山を出る寸前で挟み撃ちにして彼を捕らえ、何をしていたのか尋問しようと思ったのだ。

そして、もうそろそろ身柄《みがら》を押さえようかという場所に入る寸前で、早見は足をまた停めた。

そして立ったまま、じっとしていて動かない。

千条はもう前に回った頃だろうか。伊佐は立ち止まったままの早見の後ろ姿を見つめながら、もう飛び出していってもいいかと思いはじめた。

早見は動かない。じっとしているだけで、傘もくるくる回したりはしていない——動かなさすぎる。

伊佐ははっとなって、もう隠れることなど考慮せずにその後ろ姿に向かって走っていった。

早見は足音が聞こえているはずなのに、まったく動かない。

そして伊佐が傘に飛びついたとき、それは簡単に外れて、地面に落ちた。

だがその陰には早見の姿はなかった。自動車乗り入れ禁止の立て看板に引っかけてあっただけだったのだ。

そのすぐ横には溝《みぞ》が掘られていて、伊佐のいた位置からは死角になっていた。傘を看板に引っかけざま、下に飛び込んで去ったに違いなかった。何度かここに来たことがある者ならば、そのタイミングを事前に知っていてもおかしくない。

「やられた――」

伊佐が忌々しげに呻いたとき、やっと千条が前の道から姿を現した。

「…………」

無言で伊佐を見て、地面に転がっている傘を見て、そして辺りの様子を観察して、そして言った。

「逃げられたね？」

言わずもがなのことを、大真面目な顔で言った。

伊佐はそれには応えずに、早見が飛び込んだ溝を見つめて足跡を見極めようとした。

するとその眼が、む、と訝しげに寄る。彼は全然別のことに気づいたのだ。

「おい――ここって水はけのための溝じゃないのか？」

千条に訊いた。彼はうなずいた。

「そうだろうね。川の水などが増水しすぎたときに流れ込ませるための排水溝だよ――なるほど、君が何を危惧しているのか、僕にも理解できたようだね」

「なんで――こんなに大雨が降っているのに、水が全然ここに流れ込んできていないんだ？」

それはつまり、どこか別の場所でふもとに流れ落ちるはずのものが遮断されて、水が停滞してしまっているということで、その溜まりすぎてしまった水は――いずれ決壊するだろう。

＊

（ふむ――山に向かった、か）

ソガは早見壬敦の行き先を盗聴によって知った。

警察の通信を傍受《ぼうじゅ》しているのではない。警察が通信を交《か》わしているその現場に仕掛けてある盗聴器で会話を傍受しているのだ。有線の電話回線に紛れ込む形式のもので電波を発信しないため、通常の探査装置では見つけられない。それらはいずれ発見されるだろうが、されてもかまわない。その盗聴器の出所はすぐに割れるだろうが、それは偽装されたものだからだ。さらなる混乱を呼ぶだけで、ソガのところにまでは捜査の手は届かない。そもそも盗聴は、当初の予定ではそれほど重要なものではなく、あくまでも保険的なものだったのだ――だが今、その情報を摑んだことで、一気に価値が上がった。

続いて、杜名賀の孫が学校に行くと言いだして、現場が少し混乱しているのも知った。

ソガはにやりとした。

（こいつは好都合だ――なにか、色々なものがうまい具合に動いているようじゃないか）

もう盗聴の必要もなくなった。知るべきことはすべて知り終えた。ソガはイヤホンを耳から外して、立ち上がった。

彼が今いるのは、現場近くの一般家屋である。普通の家であり、いつもは全然無関係の人間が住んでいる。彼らが海外旅行に行っているから留守なのだ。そこに無断で上がり込んで、現場の様子を窺っているのだが――まさか家の持ち主の一家も、どんな関係者も、その福引きで当たった旅行クーポン券が、ソガの工作によってあてがわれたものだとは思いも寄るまい。

考えうるすべてを事前に準備して、ソガはその中で最も有効と思われる方法を採《と》る。それが彼のいつもの仕事だった。

彼は誰にも見られないようにしつつ、外に出た。杜名賀家に近づくような愚は犯さず、そのまま先回りして向かう先は当然、明彦少年が通っている学校の方角だ。

雨が激しく降っているのも、さらに都合がいい。視界が遮られて、人々がすれ違う者の顔や姿を一々見づらくなっているからだ。好条件なのだが、しかし——。

(なにか、二十年前の青柳の事件をなぞっているようでもあるな——)

そう思うと、やや頬に不快なものが浮かんだ。青柳の末路は無惨に殺されている。自分もそうなるような気がしてきたのだ。

(気を引き締めていくか——既に手札は揃っているのだからな)

彼は学校の近くに来ると、既に頭の中に入っていることの辺りの地形を思い浮かべて、最善と思われる場所で待ち伏せすることにした。

4

早見は、完全に伊佐たちを撒《ま》いたのを確信した。傘は置いてきてしまったので、雨が彼の身体に直に降りかかる。しかしそれにはお構いなしで、彼は山の中へと戻っていく。

(悪かったな、伊佐さんよ——)

後で色々と面倒そうであるが——それはそのときになってから考える。彼が何故、この山に来ているのかという理由は、誰にも言えないものだからだ。この能力のことを隠すと決めた以上、それが妹に関わる者であれ——いや、だからこそ余計に知られてはならないのだ。

風の音が、雨の音に混じってびゅうびゅうと鳴っている。

杜名賀麻由美から聞こえてきた、あの異音に似ている。

自然条件がおそらくは同じなのだ。季節といい、天候といい、時刻といい――二十年前のそのときに極めて近づいてきている。

（あとは〝地点〟だな）

その場所に行きさえすれば、彼女がそのときに見たのと同じような風景を確認できるはずだ。そこで何が起こったのかを推理する手掛かりが得られる。

彼女の心に突き刺さっている、何か――その理由の一端に近づけるかも知れない。

足跡を辿られる心配はない。山道はひどくぬかるんでいて、三歩ほど前の痕がもう雨で消されている。下手をすれば土砂崩れが起きそうな状況なのだから当然である。その危険を充分に承知しつつ、早見は駆けるようにして登っていく。

音を目安にしているのだから、視界の悪さは気にしなくてもいい。足元だけを見て、転ばないように注意して、あとの神経は全部、耳元に集中する。

彼が友人からつけられている綽名の〝ミミさん〟というのはもちろん名前にも引っかけているのだが、それ以外にも細かい物音を色々と聞き分けるのがうまいからである。それが能力故《ゆえ》のものなのか、生来のものなのか、あるいはその両方で、聴覚の鋭敏さがレイズィ・ノイズのような特殊な力につながっているのか――それは本人にはわからないことであった。

やがて彼は確信して、足を停めた。

「――――」

ゆっくりと、周囲を見回す。

そこは岩がいくつか地面から突きだしていて、雨や風が微妙に遮られて、空気の流れが絡み合い、まるで下手くそな口笛のような音が響いていた。

〝ぶおおっ、ぶおおおお――〟

それは間違いなく、早見が感じたあの異音そのものだった。自然は、二十年程度の時間ではほとんど変化しなかったのだ。

（ここが――ここに、彼女は立っていた）

彼は身を屈《かが》めて、子供と同じ視線になるようにしてみた。

周囲の岩が、まるで立ちはだかる怪物のような量感をもって迫ってくる錯覚に囚われた。

（――うっ）

思わず手を突いて、身体を支えた。ふう、とため息をついて、立ち上がる。

（確かに怖い――だが、それだけではないな）

まだ何かある。ただ怖いだけではない。そう考えて彼は少し周囲を探ってみた。

すると地面にロープが落ちているのを見つけた。ただのロープではない。それは警察が状態保存のために事件現場に張り巡らせておく〝立入禁止〟の綱だった。今のものではなく、昔の形式のものだ。


（やはり――あの殺害事件そのものも、ここで起きていたんだ――彼女はそのとき、ここにいたに違いない）

それは如何なる状況だったのか？　少なくとも幼い少女だった当時の彼女がそのような証言をしたという記録は一切ない。隠しているのか、単に子供の記憶なのであやふやになって消えてしまったのか――いやいや。

（それならば、異音として聞こえるはずがない）

彼の能力には別に、本人も知らないトラウマを探し出す催眠療法のような作用はない。本人がいつもいつも気にしている――心に引っかかり続けていることしか聞こえないのだ。これは何度か、探偵の仕事で発現したときに、それとなく確認している。例外はなかった。

「……むう」

彼が考え込んでいると、胸元のポケットに入れてあった携帯電話が着信を告げた。雨に濡れるので壊れないかと思いつつも、彼は電話に出た。

〝あ、あの――探偵さん……！〟

電話は、まさに杜名賀麻由美からだったので、早見はやや動揺しつつも、

「はい、なんですか？」

と訊いた。相手の声が何やら尋常でなく震えているので、何かがあったのは確実だった。

〝そ、その――そっちに今、明彦がいませんか？〟

おろおろとした声で言われたので、早見もぎくりとした。

「い、いえ――息子さんはここにはいませんが――どうしたんですか？」

〝い、いや学校に行くとか言って、出掛けたんですけど――学校には行ってなくて、どこに行ったのかわからなくて――〟

早見もそれを聞いて顔色が変わった。

「しかし――警備がついていたんでしょう？」

〝それが、警備の人はなんだか、いつのまにかはぐれたとか、無茶苦茶なことを言って、全然頼りにならなくて――〟

麻由美の声は高くなったり掠《かす》れたり、落ち着きがまるでない。あの変に取り澄ましたような高慢な調子はどこにもなく、不安に駆られる母親の声になっていた。

（なんだって――？）

早見は今の麻由美の言葉に、ぴくっ、と眉をひそめていた。

警官が警備についていたのに、それがいつのまにかはぐれた、だって……？

そんなことがあり得るだろうか。学校までのルートは確実にわかっていたはずだ。別々の箇所から何人かで同時に一人の子供を見ていたはずなのに、それが消えた――

〝ま、まさかその――ゆ、誘拐なんてことになったら、私は――〟

「ちょっと待ってください――落ち着いて」

実際、早見の方も落ち着いてなどいなかったが、とにかくそう言った。

「考えてみてください――お子さんがいなくなって、それが誰かによって連れ去られたのだとしたら、その連れ去った奴を警備の人が見ているはずです。不意をついて物陰に連れ込んだにしても、その後が問題です。登校途中の警備の人は一人ではない。車で連れ去ろうとしたら、すぐにその車が見つかるし、子供を抱えている人間などはバレない方がどうかしているんです――」

それは動かしようのない事実に思えた。普通の誘拐事件とは状況が違いすぎるのだ。

〝で、でもだって――〟

「だから、もしかしてお子さん本人が、息苦しくなってどこかに行きたくなっていた――みたいなことはないんですか？　その心当たりは？」

そう、警備の眼をくぐり抜けて消えることができるのは、大人ならば通れないようなところも入り込める子供の体格でなければ不可能だ。明彦もここに引っ越してきてからそんなに時間は経っていないにしても、子供なら半月もあればあちこちの抜け道を知っていてもおかしくない。

〝あ、あの子が――自分から……？〟

「そうです。何か思い当たることはないんですか？」

〝そ、そんなこと言われても……あの子が最近、気に入ったみたいなことなんて、それこそあなたしかいなくって――〟

「え？　俺、ですか？」

〝あの探偵はどこから来たのかなあ、みたいなことは言ってましたけど――あの、それで……〟

そこまで言って、唐突に電話が切れた。

「もしもし、もしもし――？」

携帯電話を確認すると、電波が圏外になってしまっていた。今まで話せていたのに――この天候のせいだろうか？

しかし、明彦が早見のやってきた方角を気にしていたのだとすれば――彼は、早見が山の方から降りてきたところに、まさに出くわしていたわけで、それでは彼が向かった先というのは――

「この山か……？」

だとしたらまずい。非常に危ない。この山は今、いつ土砂崩れが起きてもおかしくないような状態なのだから――と早見が焦ったそのときだった。

ふいに、それに気づいた。

いつのまにか、周囲で落ちてくる雨粒が地面を叩いているその音の中に、別のものを叩いている響きが混じっていた。

「…………」

彼は顔を上げた。

目の前には、傘を差している男が一人、静かに立っていた。響きはその傘が雨を受けとめている音だった。

その男の髪の毛の色は、見るも鮮やかな銀色をしていて、この暑さだというのにコートを着込んでいて――そして、まったく動じている様子がない。

「――あ、あんた――」

早見が声を漏らすと、そいつはうなずいて、

「電話の話が少しばかり聞こえたが――どうやら大変なことになっているようだね」

と、冷静な口調で言った。

「僕も、その子供を捜すのを手伝おう」

当然のように、飴屋はそう話しかけてきた。

CUT/5.
Shuniti Isa

ほんとに大切にしなきゃいけないものも
――みなもと雫〈ヘルプレス・サマー〉

1

早見の推測の正しさを、本人以外でこの段階で確実に知っていたのは皮肉なことに、始末屋のソガだけだった。

（なんだ？　あのガキ――山の方に行くぞ……？）

　機会があったら、子供を何らかの形で脅しつけることを考えていたソガは、その明彦自身が学校に行くと言いながら別の場所へと逃げ出すとは思ってもみなかった。

　警察はすぐに明彦を見失ってしまったのだが、それは誘拐などの事態を考えたからで、小さい子供だけを対象に捜さなかったからだ。しかしソガには柵の隙間に身を滑《すべ》り込ませる明彦の姿ははっきりと確認できたし、その囲みが開いている別の場所もわかっていたので、先回りできた。

　合羽《かっぱ》を着込んだ明彦は、とことこと小走りに駆けていく。やや焦っているようだ。大人に見つかることを危惧しているのだろう。

（山に向かうということは、あの探偵に会うつもりのようだな――こいつはますます好都合というものだ）

　ソガの方はまったく焦っていなかった。状況は彼が計算したものと大きく食い違ってきているのだが、そのことは気にしなかった。常に修正を加えられる柔軟性を持つことこそ、暗殺計画成功の第一の秘訣なのだから。

（さて――少し仕込みが必要だな）

　ソガは既に頭の中に入っているこの土地の道筋を頭に思い浮かべて、全然無関係としか思えない方角に、用意していた車で向かった。

　そして、少し行ったところですぐに警察の検問に引っかかった。

「ちょっと確認させてもらいますよ」

　厳しい声で言われて、彼の顔を覗き込んでこようとした相手の眼に、なんのためらいもなく催涙スプレーを吹きかけた。

「うわっ！」

とそいつが仰《の》け反《ぞ》り、横に立っていたもう一人の警官がなんだ、と駆け寄ってこようとしたところでドアをいきなり、勢いよく開ける。警官はドアに腹を思い切り打たれて、ぐっ、と前のめりになった。

この、杜名賀家から少し外れた検問には二人しかいないことは事前に知っている。だから彼はそのまま外に出て、体勢を整えきれないままの二人の警官に、彼らが持っていた警棒を奪って、振り下ろした。

背中と、首筋と——二箇所を連続で正確に撃ち込むと、彼らは他愛なく気絶してしまった。

そしてそのまま、彼は乗ってきた車をそこに放置して、元来た道を全速で戻っていった。

五分とかからずに、山に入ろうとしている明彦に追いついて、それを先回りしていた。


あの警官たちはすぐに眼を醒ますか、あるいは連絡が入ったのに応答がなくて別の警官に知られることになるだろう。

杜名賀家や学校から見て、この禿猿山とは全然違う方角へ向かう道の途上で倒れている警官が見つかる——これはそういう偽装だった。

時間に余裕を作る必要があった。それを稼ぐための処置だ。

（そうだ——できるならば、あの明彦というガキに、早見壬敦を見つけてもらう方がいいのだから）

そして早見は、少年を土砂崩れから救うために自らの生命を犠牲にすることになるのだ——そういう段取りならば、彼が直接狙われていたのだということには、表向きも裏から勘ぐっても、なかなか確信が持てなくなるはずであった。

（そうとも——東瀛としても、とても犯人の目的も方向性も、容易には特定できまい）

ソガの標的は、杜名賀の人間の誰でもないのだった。最初から暗殺依頼された相手は東澱の次男坊〝早見壬敦〟その人で、それ以外の誰も狙っていない。すべては最初から偽装しているに過ぎない。

暗殺を実行することなどは彼にとってはたやすいことで、難しくもなんともない――困難なのはその後で追跡されないことだった。

だから、まずは相手をおびき寄せるところから始めたのだった。瀬川と杜名賀の間の争いなどは、ただ適当に利用できそうだからというだけのことで、下調べをして見つけたものの中で最も成功率が高そうだったから選んだに過ぎない。早見自身はおろか、彼にこの話を持ってきた教授でさえ、この話がそういうところから出発していることを知らないのだ。彼が買収した相手は、単に瀬川がらみのコンサルタントが一人で、それにしたところでただそいつに私立探偵を雇ってはどうかと言わせただけのことだ。そいつとはメールでやりとりしただけで、ソガの正体はおろか、声さえ知らない。

それだけのことで、早見はこの死の罠の中へノコノコとおびき出されていたのである。

後から東澱が辿ろうとしても、とても追いきれないほどのかすかな糸である。しかも相手には他に疑わなければならない相手がごまんといるのだから。

殺すのは誰にでもできる。その後の逃げ道の確保こそがもっとも重要なのだ。これをソガは、彼の師匠に当たる人間から叩き込まれていた。

（さて――）

彼は山を見上げて、そのどこかにいるはずの早見壬敦を仕留める方法を吟味《ぎんみ》し始めた。やり方には困らない――人は、皆が思うよりもずっと簡単に、あっけなく死ぬのだから。

＊

「……なんだって？　子供が行方不明？」

伊佐は、奈緒瀬から掛かってきた電話に眉をひそめた。

〝ええ。こっちではもう大騒ぎです。兄とも連絡が取れません〟

「……嫌な流れだな。実はこっちで、追跡していた壬敦氏をさっき見失ったところだ」

〝なんですって？　それじゃ状況的には――〟

「ああ、警察としては誘拐犯の容疑者に、彼を挙げざるを得なくなっているだろうな――まあ、そうではないとは思うが」

〝そ、そうですよ。第一、兄には何の動機もないんです〟

奈緒瀬の声が焦りを帯びているのがわかった。伊佐は静かな声で、落ち着け、と言ってから、

「とにかくこっちでは、壬敦氏を引き続き捜す。できたら君はその子供の捜索の方を手伝ってくれ。もう一家の恥だから、とか言っていられまい」

と頼んだ。

〝え、ええ――そのつもりです。既に私の部下たちを動員しています。それで――え？　なんですって？　あの、ちょっと待ってください〟

通話の途中で誰かに話しかけられたらしく、急に保留になった。しかし一分と経たないうちに彼女は戻ってきた。

〝状況はさらに深刻になってしまったようです――さっき、検問を敷いていた警官隊の中で、突破されてしまったところがあるそうです。二名の警官が気絶させられていて――彼らは犯人の姿をはっきりとは見なかったそうですが、その――兄に見えなくもなかった、と言っているそうです〟

「突破された、って――誰かに襲われたのか？」

伊佐の眼に鋭いものが浮かんだ。

〝はい、子供の姿は確認できなかったが、車の後部席にいたかも知れないと言っているそうです。その車自体は現場に乗り捨てられていました〟

奈緒瀬は細かく説明していき、その話を聞けば聞くほど、伊佐の表情は厳しくなっていく。

「——何か、おかしいぞ……」

〝え？〟

「子供がいなくなったのは、単に気晴らしに軽く家出しただけかとも思ったが——いや、この状況だとまだその可能性が高いんだが、それなのに——誰かが警官を襲ったのか？」

伊佐は横に立っている千条の方に眼を向けた。

「千条、さっきまでおまえが観測していた早見壬敦の歩幅や歩行速度から推測して、今説明された場所に彼が、俺たちの尾行を撒いてから到達できるか？」

千条は、伊佐が受けている電話から出ている声をすべて聞き取っていたので、言われたことにすぐ反応した。

「不可能ではないが、極めて難しいだろうね。全力疾走に近い運動量が必要とされるだろう。もっとも車があれば別だけど——」

「この付近の路上に不審車が停まっていたら、定期的に巡回している警官がすぐに見つけてチェックしている——車が用意されていたとしたら、それは駐車場にちゃんと停めてあったもののはずだ」

「そうなると、確率的にはかなり無理が出てくるね。この街の駐車場の位置は記憶しているけど、それに参照しても、その場所まで行くのと、その現場に駆けつけるのでは方角が反対になる」

「——どういうことだ？　なにか不自然だぞ……その襲撃者の目的は何だ？　早見壬敦を疑わせることではないのか？」

〝あ、あの——？〟

奈緒瀬の戸惑ったような声が電話口から聞こえてきた。伊佐は、

「ああ——とにかくそっちは、今やっていることを続けてくれ。警察にも協力して、とにかく子供が先だ。あんたの兄貴の方はこっちで何とかする」

〝わ、わかりました〟

奈緒瀬からの通話は、彼女の不安そうな声で切れ

た。

　雨が降っている中、二人の男は山道の路上で向かい合って、立っている。行くにせよ戻るにせよ、実に中途半端な位置にいた。

「なあ伊佐。君は今、彼女に子供が優先だと言っていたけど――」

　千条の注意するような声に、伊佐はうなずいた。

「ああ、わかっている――おそらくこの状況は、全部ひとつにつながっているから、別々に解決することはできないだろう」

「でも、こちらからはああ言うしかないという訳だね」

「そうだ――早見壬敦は山を降りたと思うか？」

「おそらく彼が山を降りていたら、とっくに警察に捕まっていると思うね」

「だろうな――ということは、それは子供も同じじってことか？」

「彼らが出会おうとしていると考えても論理に無理はないけど、そうなると謎の襲撃犯というイレギュラーが存在することになるね。第三者がいる」

　千条は淡々と推理を積み上げていく。そこには迷いがない。普通の人間であれば、何かを思いついたとしても〝これは正しいかどうか〟とどうしても逡《しゅん》巡《じゅん》するものだが、彼にはそれがない。何かに思い当たったら、それを直ちに表明し、事実のひとつとして扱い始める。

　ためらいや迷いがあるはずがない。人間の、そういう情動を司《つかさど》っている脳の一部を損傷して、特別に開発されたばかりの電子チップで補《おぎな》っているのが、千条雅人――ロボット探偵と呼ばれるこの〝試作品〟なのだから。

「その襲撃者の目的は何だと思う？」

　伊佐にも、元警官という経験から培《つちか》われた勘の鋭さがあるが、単に可能性を検証し、追究していく論理性ではとても千条にはかなわない。そしてそのことをよく知っているから、逆に彼の能力を使って事実を突きとめることに何の気負いもない。

「現時点での可能性はおよそ七百二十九あるね」

千条はいきなり、訳のわからない数字を出してきた。他人が聞いたら戸惑いを隠せないだろうが、伊佐は慣れたもので、

「そいつの数値基準は」

と質問する。千条も即座に、

「三の六乗だよ。三つの大きな方向があり、それぞれに六程度の分岐が考えられる」

と答える。伊佐はうなずいた。

「その三つを挙げてくれ」

「ひとつは杜名賀明彦を標的とした誘拐犯だ。警察の検問を突破して、現在は逃走中。そしてもうひとつは、早見壬敦や明彦とは全然無関係の、別の犯罪である場合。警官を襲った目的は現時点では不明というしかない状態だね。そして残るひとつが——」

言いかけたところで、伊佐の方が先にその答えに辿り着いていた。


「……単なる時間稼ぎか？」

彼が言うと、千条はうなずいた。

「それは三つの可能性のうちの、残るひとつのものの七番目に挙げられているものだけど——要は警察関係者の陽動か攪乱《かくらん》を目的としているということだね。しかしこの説の難点は、その目的があやふやで強引ということで、時間を稼げたとしても、それはせいぜい二、三時間というところで、しかも警察の包囲はより厳しくなるから、かえって墓穴を掘っているような——」

「——いや、そうじゃない……！」

伊佐はやっと、この混乱し錯綜《さくそう》した事態の底を覗いたような感触を得た。警察の包囲を厳しくしても構わないのは、そいつが警察など最初から問題にしていないからではないのか。そしてそれぐらいの凄《すご》腕《うで》が出張ってきているということは、その標的もまた、同じくらいに大きいということで——。

「——急ぐぞ！　子供を、早見より先に見つけない

と、まずい——」

「どうしたんだい？」

走り出した伊佐に、千条は呑気にも聞こえる声で問いかけてきた。伊佐はこれに怒鳴るように答えた。

「だから——おそらくは標的は、東澱の——早見壬敦の方で——」

と言いかけたところで彼の頭上から、その山の上手から、びしっ、という音がかすかに響いた。それは雨の中では、ごくわずかにしか聞こえない程度の音だった。

しかしその音源は、決定的なものから発せられていた。岩が積み重なった山肌に張られていた崩落防止用ネットをつなぎ止めているワイヤーが、突然に切れたのだった。

誰が知ろう——それが、伊佐と千条の二人の姿を既に見つけていて、隠れて監視していたソガが、あらかじめ目安を付けておいたワイヤー接続部めがけて放ったライフル狙撃によるものだとは。

伊佐が、はっ、となって上を見たときには、もう手遅れだった。

彼と千条のいる道路めがけて、上から一気に土砂が落ちてきて、その重く流動する奔流《ほんりゅう》がたちまち辺り一帯を呑み込んでしまった。

2

（——さて）

組立式のライフルをかまえたソガは、スコープから眼を離して、自分が引き起こした土砂崩れをあらためて確認した。

あの二人の姿は、雨水の濁流と土砂に呑み込まれてどこにも見えない。

（あいつらは確か、サーカム保険の調査員とかいう話だったが——こんなところに居合わせたのが不幸だったな）

彼がこれからやろうとすることには、付近に目撃者になりそうな人間は決して存在していてはならないのだ。だから彼らが何をしようとしていたのかすら確認することなく、ためらうこともなく、ソガはさっさと彼らを始末してしまったのであった。

　本来は、今の箇所での土砂崩れも早見壬敦を巻き込めるかもと目星《めぼし》を付けておいたところだったのだが、まあ仕方がない。それに肝心《かんじん》の囮《おとり》である杜名賀明彦がいる以上、まだまだ計画は順調に進行しているのだから。

　彼のいる位置からはその、少し離れた場所にいる明彦少年の姿も丸見えで、確認できる——いつでも殺せるのだった。

＊

「……！」

　近くで、ずずずっ、という鈍い土砂崩れの音が響いたので、明彦は思わず足を停めた。彼がこの禿猿山に足を踏み入れてから、かなりの時間が経過している。しかしまだ早見壬敦の姿は確認できない。

　雨は止む気配を見せずに、いつまでも降り続いている。

　おそるおそる、音のした方を覗きに行ってみると、だいぶ上の方から崩れてきた土砂が、下へと伸びている道路を埋め尽くしてしまっていた。その下にいたらと思うと、思わずゾッとした。

（で、でも——）

　彼はごくっ、と唾《つば》を飲み込んで、決意を固めた。肩からぶら下げて持ってきていた水筒を開けて、中に詰めておいた麦茶を少しだけ飲む。気持ちが落ち着いてくる気がした。

　この水筒は、以前に父と母がまだ仲が良かった頃に、ピクニックに行こうというのでデパートに行って一緒に買い物をしたときに選んだものだった。しっかりとしたキャンプ用のもので、もっと子供向けの物もあったのだが、彼が何故かこれを気に入ってしまい「買って買って」とせがんで手に入れた物だ。そんなのはおまえには重い、と言われたのだったが——実際に重いのだが、それでも彼は、まだこれを使っている。

（あの探偵に会うって決めたんだから、行くんだ）

明彦は、雨水が中に入らないように気をつけながら、水筒の蓋を閉めた。

早見がやってきた方角は、山を突っ切って隣の駅に通じている一本道しかない。その道を辿っていけば、きっと彼がいるところに着ける——明彦はそう信じていた。

探偵と会って、何を話したらいいのか彼は自分でもよくわかっていない。しかしなんとなく、彼にしか言えないことがあるような気がしてならないのだった。それも——今すぐに、である。

彼は、水筒を肩に掛け直すと、再び山道を歩き出していった。

＊

早見と飴屋は、雨が降りしきる山道の、その一角でじっと立って、待機している。

飴屋は透明の傘を差しているが、早見は濡れっぱなしである。

さっき飴屋は突然に現れて、そして簡単な説明だけで事態をあっさりと了承し、

「おそらく——その明彦くんが君を目指して来ていると言うのならば、それは君と彼が最初に出会ったその道筋を正確に辿ろうとするだろう。行くならばその前方しかない。下手《へた》に探し回ろうとしても、そうそう出会えないだろう。むしろ危険なところに入り込む寸前のところで、待っていた方がいい」

という的確なアドバイスをくれた。

確かに雨が降っていて視界も悪いし、声を張り上げて呼ぼうにも音がほとんど聞こえないので無駄で

ある。明彦がやってくるであろう道で待ち伏せしておかないと、どこで行き違いになるかわからない——それで、つい焦って探し回りたい気持ちを抑えて、早見はじっと我慢している。

さっきも少し遠いところで土砂崩れのような音が響いてきたが——音の方角はそのルートから外れるので、あえて無視した。道は一本だから子供でもまず迷わないだろう、という判断によるものだった。万が一もあるが、それを恐れるあまり肝心のことを逃しては何にもならないからだ。

飴屋は無言で、そんな彼の隣に立っている。

早見はあえて彼の方を向かずに、

「——なあ、アメヤさん」

と話しかけてみた。

「なんだい」

飴屋の顔の前で、傘の骨から雨水がぽたぽたと垂れている。

「あんた——伊佐俊一という男を知っているのか」

その名前を出したら、飴屋は滴り落ちる水の向こう側で、うっすらと微笑んだ。

「ああ——もちろん知っている。彼と会ったのか。なかなか面白い人物だったろう」

その声には動揺はなく、むしろ穏やかなものが漂っていた。

「あいつは、あんたを追っているのか？」

「彼は自分を捜し求めているんだよ。私はその契機に過ぎない」

それははぐらかしているようで、しかし妙な核心を突いているような、不思議な響きの言葉だった。

「やっこさんの恨みを買うようなことを、あんた何かしたのか」

かなり踏み込んだ問いだったが、これに飴屋はあっさりと、

「彼は、きっと私をこの世から消し去りたいと思っているのだろうね」

と認めた。早見は振り向いて、相手の方をまっす

ぐに見つめた。

飴屋も見つめ返してくる。二人の眼が重なった。

「——あんたは、何をしているんだ？」

早見の問いはあまりにも漠然としていて、どんな人間でも即答しかねるようなものだった。

だが、飴屋はこれにすぐに答えた。

「人間を知りたい」

まっすぐな眼差しは、そこになんの翳《かげ》りもなかった。

「生命というものが持つ意味がなんなのか、それを知りたいと思っている——だが、私の前にある手掛かりはあまりにも少ない」

その言葉はおよそ具体性に欠けていたが、しかしそれよりも早見にはあることが気になって仕方がない。この言い方は、まるでこいつは、こいつ自身は——人間ではないみたいだ。

「……伊佐はあんたが〝奪っている〟と言っていた。あんたは泥棒なのか？」

この質問に、飴屋の顔にやっと少しだけ、変化が生じた。

その眉がわずかに曇ったのだ。それはやや悲しんでいるようにも、疎《うと》んじているようにも、憐《あわ》れんでいるようにも見えた。そして彼は言った。

「もしも、生命の本質が他より何かを奪うことで成り立っていないのならば、私のやり方も違うものになっていただろう——だが、道はひとつしかなく、人にはそれ以外の選択肢がない。互いに奪い合い、喰らい合っている世界の中で、どうやって生き延びていくのか——君はどう思う？」

訊き返されたが、しかし早見は話を理解できないので、

「……正直、何を言われてるのかよくわからん」

と素直に言うしかない。しかし飴屋の話は難しいと言うよりも、なんだか簡単なことをなかなかうまい具合に言えなくて、言葉を探しながら進めている——そんな風にも感じた。聞き手のこちらが理解で

きなくても、それが言葉としてまっすぐなものであることは悟っていた。それはそのまま飴屋の姿勢と思えた。

「わからんが、しかし――はっきりとした目的があるんだな？　どうやらあんたは無駄なことは何一つしないタイプのようだ。ということは――」

早見はため息をついた。

「俺に近づいたのも、目的があるというわけだな――そいつは何だ？」

飴屋はここで、再び微笑みを見せた。

「忘れたのかな、私を最初に見つけたのは君の方だ。君から、私に声を掛けてきた――むしろ私に用があるのは、君の方だ」

ぴくっ、と早見の頬がひきつった。

その通りだったからだ。

自分たちの出会いを思い返せば、そういうことにしかならない――。

「……俺の通る道を先回りしていたんじゃないか？　それで、それらしいところに立っていたんじゃ――」

「君は、前から決められていた道を通って、この土地に来たのか？」

「……いいや、駅をひとつ間違えていたよ。確かに――」

早見は視線を下に落とした。筋は通っていた。だから彼も、伊佐に言われるまでは飴屋のことを疑おうともしなかったのだから。しかし、それでは――

「――じ、じゃあ、あんたは何を目的として、この土地に来たんだ？」

切羽詰まったような訊き方になってしまったが、これに飴屋はさらりとした口調で、

「君は、そんなことを知りたい訳ではないのだろう」

と言い返した。

「え？」

「君は、私に何かを感じて、それで声を掛けてきた

んだ――君が訊きたいことは別にあるはずだ。でなければ、君は私を取るに足らぬ者と認識して、無視していただろう――」

こんなに目立つ姿をしているにも関わらず、彼はまるで〝気にしようとしなければ、気にならないだろう〟というようなことを言った。この姿には見えなかっただろう、とでもいうような――。

「………」

早見は、飴屋を見られなかった。下を向いたままで、焦ったようにさらに問いかける。

「――あ、あの杜名賀家の応接間にあった、あの紙切れ――あれはあんたが置いたものじゃないのか?」

この事件で、奈緒瀬はともかくあのサーカムの二人が出張ってくるような〝根拠〟はあれぐらいしかないだろうことは、彼にもわかっていた。

「そうだ」

飴屋は、やはりすぐに答えた。

「私の意思表明は、既に完了している――見るべき者が、あれを認識している」

そこには、ためらいも後ろ暗さも何もない。冷徹なる響きだけが声に籠もっていた。

「………っ」

早見は思わず唾を飲み込んだ――そのとき、

「来たようだ――」

と飴屋が唐突に言った。

はっとなって早見が顔を上げると、山の下の方からこちらに向かって、ひとつの小さな人影が、激しい風雨でぎくしゃくと揺れながらやってくるのが見えた。

杜名賀明彦だった。

3

禿猿山――。
かつてはこの山も花咲山《はなさきやま》とも芽吹山《めぶきやま》ともいわれて

いて、緑が豊かな土地であったと伝えられている。人里からも遠く離れて、深く濃く茂る森の中に埋没する自然の一部に過ぎなかった。

だがその地形が単純なお椀《わん》型ではなく〃コ〃の字の形に湾曲して、しかも傾斜が一定でなく、あちこちが凸凹《でこぼこ》に出っ張ったり引っ込んだりしている独特の形状がちょうど〃守りやすく攻めにくい〃要塞のような地形になっていたことが、この土地にとって不幸の始まりだった。

やがて近くに人が住むようになってくると、戦乱が起きる度にこの山には人が立て籠もるようになっていった。戦略地点として重要という訳ではない。土着の民が、侵略してきた者たちから身を守るために逃げ込む先がここだったのである。人里からそれほど離れている訳でもなく、といって大軍で侵攻していくには道が悪いのが打ってつけだったのだ。一揆《いっき》の拠点としても何度も使用された。それらは大抵、攻めてきた相手があきらめることで終わった。

あまり重要な地点でないため、犠牲を払ってまで獲《と》る意味はないと判断されたのだ。そのことは幸いだったのかも知れないし、逆にいつまでも安定しないで中途半端な混乱が長引いたともいえるかも知れない。

そしてその度に、山は徐々に、しかし確実に枯れていった。

そして全国的に支配体制が固まった頃に行われた検地の時点では既に手遅れで、この土地は〃極めて条件が悪く、作物を育てるも材木を伐採するも適さず〃と判定されるようになっていた。禿猿山というのは、そのときの強欲な権力者を嘲《あざけ》って付けられた隠語で、その権力者が死んで影響力が消えてからは一般的にも使われるようになった。

そして——その、山を枯らしたいくつかの原因の中で、最も深刻な被害をもたらしたものは実に〃水攻め〃だった。ふもとから迫ってくる敵に対して、土山の地形を利用して造られた堤防を決壊させて、土砂崩れによって敵兵を殲滅《せんめつ》するという戦法は、訓練された兵に対して戦闘力で劣る民でも有効な攻撃が可能だというので重宝《ちょうほう》され、多用されたのである。だがこれはその部分の自然を文字通り根こそぎにしてしまったのだった。

最初に考案したのが誰だったか、それはもう遠い遠い昔の話で、今では知りようがない。ちょっとした軍師気取りだったのかも知れないその人物も――しかしまさか、自分が考え出した方法で、千年以上先の人間が同じように殺し合うとは、予想だにしなかっただろう――しかしこういう例は、決して珍しいことではないのだった。

いつだって人間は、色々な形で争い続けていて、それは古い方法か新しい方法かを問わず、あらゆる手を尽くされて行われているのだから――。

「――あっ」

と、雨の中を一生懸命に歩いてきた明彦は、前方に人影があって、自分に向かって盛んに手を振っているのが見えた。

そのシルエットは、あの探偵のものに間違いなかった。とうとう会えたのだ。

彼は喜んで走りだそうとしたが、しかしそこで足が停まった。

横に、もう一人誰かいるのが見えたのだ。

（――誰？）

しかし、そっちの人影には見覚えがない。少なくとも、彼の家族の誰かでも警察の人でもなさそうだった。

どんな人かと言われてもよくわからないような、曖昧なものとして彼にはその人影は捉えられていた。男か女かもはっきりしない。

どうしよう――と思った。

確かに探偵には会いたかったが、しかし他の誰かがいるというのは考えていなかった。とまどって、なんとなく後ずさってしまう。

その間にも、探偵はこっちに向かって走り出してきていた。もう一人の方は、それほど急いでいる感じでもないが、探偵の後をついて来ているようだ——と、その視線がふいにあらぬ方向を向いた。

明彦でも探偵でもない、全然別の方角を見て、そして——。

——その眼が、その場をずっと監視していたソガの視線と一致した。

（…………!?）

ソガは絶句した。彼は、その男の姿を最初に見つけたときから、ずっと〝そんな馬鹿な〟と思い続けていた。それはほんの数秒の混乱だったが、彼には永遠に等しい時間かと思われた。

彼の眼に見える、その男を——彼は知っていた。

彼の記憶の中で、その男の姿と一致する人物が存在しているのだった。だが、そんな馬鹿な——その人物が今、この場所にいるはずがないのだ。そもそも彼がそいつと別れたのは十年近く前のはずなのに、そいつは彼と別れたときの姿そのままだった。印象がまったく変わっていなかった。

ライフルスコープの中で、そいつが彼の方を完璧《かんぺき》に正面を向いて、そして言った。その唇の動きが、嫌味なくらいにソガには正確に読み取れてしまった。

そいつはこう言っていた——

〝君には、私がその姿で視《み》えるのか〟

——と。およそ意味が摑めない、不思議な言葉だった。焦りのあまり、ソガはどう考えても向こうから彼の姿が裸眼で見えるはずがないということにも、思い至ることができなかった。

（——い、いかん……！）

タイミングを逸し掛けていた。彼は、明彦少年のところへ近寄ろうとしている早見壬敦めがけて土砂崩れを起こさなければならないのだった。そのためのポイントも狙っていたはずだった。それが狂いかけている――どうする、と彼はライフルの引き金に指先を掛けたまま迷った。

その瞬間――彼の背後から、ずさっ、と誰かが地面を踏む音が響いてきた。

「――!」

びくっ、と彼の身体が震えた。そのはずみで、彼の指が引き金を引いてしまっていた。狙っていた箇所から微妙にずれて、あらぬ方向へと弾丸は飛んでいってしまった。

反射的に振り向いたソガのすぐ前にいたのは――その奥まった狙撃ポイントに遠くから一跳びで跳躍してきた〝ロボット探偵〟の千条雅人だった。

(――なにっ! なんでこいつ、生きて――)

動揺するソガに、無表情の千条はモノも言わずに問答無用でそのまま、その暗殺者に襲いかかっていった。

*

(――撃った! くそっ――)

ライフルの銃口から発射光が迸《ほとばし》ったのを、下の方にいた伊佐俊一はサングラス越しに確認して、舌打ちした。

彼と千条は無論、先刻の土砂崩れからは逃れていた。しかしその方法は、おそらく事情を知らない者ではまったく想像の範疇《はんちゅう》外であろう。

まず――最初に上から大量の水と土砂が落ちてくるのを感知したのは、より近い位置にいた伊佐の方だった。

彼はその瞬間に千条の方を向いて、そして怒鳴ったのだった。

「――東南四時の方角へ、緊急退避《エスケイプ》!」

ほとんど軍隊用語である。だがその言葉の組み合わせは、千条雅人にあらかじめ組み込まれている符《ふ》丁《ちょう》に一致していた。彼は前後の状況も自身の疑問も何もかもを放置して、その伊佐の言葉にのみ反応した。

彼は、基本的にその身体は苦痛を感じない——全身の膨大な身体情報を一々感知して処理するだけの容量が脳の前頭葉《ぜんとうよう》に埋め込まれている電子チップにないからだが、それは逆に普通の人間であれば身体の限界を超えてしまうために滅多に出せない〝火事場の馬鹿力〟をいつでも出せるということでもある。

千条の身体は次の瞬間、まるでバネ仕掛けの人形のように、ばっ、と飛び出したかと思うと、伊佐の首根っこをひっ摑んで、一秒あるかないかの内に、土砂の流れから外れた地点へと跳んでいた。

二人がその場から離れた直後には、その地点はたちまちの内に濁流に覆われて、跡形《あとかた》もなくなってしまっていた。

「——伊佐、こいつは偶発的かな……伊佐？」

千条が話しかけてきたが、伊佐の方は、

「げほっ、げほほっ……！」

と咳《せ》き込んでいて、すぐには返事できない。あまりに急激に身体が意識しない方向へ引っ張られたので、肺が押し潰されてなかなか呼吸が戻らないのだった。それでもなんとか立ち直って、

「——ううう、くそ——もちろん、狙われたに決まっている……！」

と呻いた。千条もうなずく。

「だとしたらまずいよ。この土地は昔から水攻めの拠点として使われていたという記録がある。まだいくつもの箇所でこういった攻撃が可能だ」

「早見壬敦が危ない——それに、明彦って子供もだ。千条、どこから土砂が崩されたか、その地点が推測できるか？」

「おそらく反対方向からの中距離狙撃だね——ここからだと死角だから見えないな」

「ということは、こっちが逃げたところを相手は見

ていないかもな。急げば先回りできるかも知れん――」

――ということで二人は山を大急ぎで移動し、狙撃ポイントが見えた時点で千条だけをその場に急行させたのだ。

だが、一瞬だけ遅かった――ライフルから弾丸は発射されてしまった。

ばしっ、と弾丸は山肌を覆っている崩落防止用ネットに着弾した。

正確に狙いをつけた固定ワイヤーの基部ではなかったが――それでも、ネットの一部が破壊されて、だらりと垂れ下がった。そしてその奥にあった岩が、ずるるっ、と下に向かって滑り落ちていってしまった。

その下には、明彦が立っていた。

(――え)

彼は頭上から、その大きな岩が落ちてくるのを見て、頭の中が真っ白になった。パニックになりかけて、何がなんだかわからなくなって――そのとき、声が聞こえた。

「――動くな！」

それは早見壬敦の声だった。

びくっ、と明彦の身体は思わず、固まった。

そして次の瞬間には、彼のすぐ横に大岩がずずん、と落下して、そのまま山の下の方へと転がっていった。

「…………」

明彦は、茫然としている。

前の方から、さらに早見壬敦が走ってくる。

明彦はそっちに行こうとして、そして足がもつれて、ぺたん、と前に転んでしまった。立ち上がろうとして――そして、何かを爪先《つまさき》が踏んでいた。

それは彼が、肩から下げていた水筒の紐《ひも》だった。

子供の小さな身体の中で、その弛んだ紐が丸まった身体よりも下に落ちていたのだ。

——ぶつん、

と立ち上がった勢いで紐は切れてしまった。彼は慌てて水筒を取ろうとしたが、紐が切れた勢いで水筒は、ぶん、と飛んでいた。

今、大岩が落ちていった山の傾斜の方へと。

(あ——)

明彦は、そのとき何も考えていなかった。

ただ反射的に、水筒を摑もうとして、身を乗り出して、そして——次の瞬間、彼の小さくて軽い身体は山の絶壁から下に墜落していった。

早見がその場に駆けつけたときには、彼はずっと下の方に落ちていて、そして——ぴくりとも動いていなかった。

4

「——ぬっ……!」

ソガは、襲ってきた千条に向かってライフルを発射した。だが、引き金を引いたときには、もう当たらないことがわかった。

千条が、弾丸の軌道上にいない。彼が銃をかまえるその腕の動作を見て、それよりも速く動いて射軸から外れている。

弾よりも速く動くことはできなくても、その弾を発射する人間の腕よりは速く動ける、ということだった——並みの人間の動きではない。

(ば、化け物かこいつ……!)

ついでに言うならば、彼が過去に撃ったことのあるどの野生動物でもできる動きではなかった。虎や豹《ひょう》は速度や反射では同等の動きはできるかも知れないが、彼らは銃というものの性質を知らないからだ。しかしもちろん、この相手には知性がある。

ぱぱぱっ、と三発撃ったところで、もうソガはあきらめていた。マシンガンを滅茶苦茶に発射でもしない限り、正面を向いている千条雅人に弾丸を当てられないのが理解できた。

（ええい……！）

ソガは、暗がりにいる自分の位置から、相手はこっちの素顔を認識できていないと判断して、ためらうことなく相手に背を向けて、狙撃場所から外に飛び出した。

相手が追っかけてくるのを予測して、背後に手榴弾を投げ込む。これで致命傷を与えられるとは思っていない――ただ少しだけ追いかける速度を弛《ゆる》めてもらうための、煙幕《えんまく》のようなものだった。

だが、この相手は彼がこれまで戦ってきたどんな敵よりも怖れを知らなかった。そもそも恐怖というものを感じることができないのだから。

千条は空中を舞う手榴弾を即座に認識しながら、なお――そのまま突っ込んだ。

（爆発までの所要時間は、同種のものよりもさらに早めに設定されているとして――約二・五秒と推測し、反応はコンマ七秒ほど先手を取れる）

その冷たい頭の中であっというまに数字を叩き出し、彼は投げられた手榴弾が地面に落ちるよりも速くそれに追いついて、まるで飛んできたのが軟式テニスのボールであるかのような無造作な動作で、そのまま素手で弾《はじ》き返していた。

手榴弾は投げられた方角を逆行していき、逃げかけていたソガを追い越していった。

「――!?」

始末屋は自分の眼が信じられなかった。そして疑っている余裕もなかった。

千条の計算通りに、早めに爆発するようにセットされていたその爆弾は、ソガの眼前で炸裂《さくれつ》した。

とっさに眼を閉じて、かつ両腕で顔面をかばっていたのは経験と本能のなせる技だったろう。だがもちろん爆圧から逃れることまではできない。

ソガは吹っ飛ばされて、山をごろごろと転げ落ちていった。

しかし、その始末屋は転倒しながらもなお受け身を取っているのが千条には見えた。まだ仕留めたわけではない。

始末屋はすぐに立ち直って、さらに逃走しようと身を起こした。

「――――」

千条はすぐさまその相手を捕捉しようと追撃にかかろうとした。

だが、そのとき彼に向かって怒鳴るような声が聞こえてきた。

「――千条！　戻れ！」

伊佐の声だった。それは切迫した響きで、あきらかに急を要する緊急のものだった。

千条は、一瞬考えた――自分がこのまま始末屋と戦い続けて、五体満足で勝てる確率と、伊佐の声が意味する緊急事態に対応するための予想される必要条件を比較した。

「…………」

答えはすぐに出た。彼はあと一歩で倒せそうな敵を放置して、すぐさまきびすを返して伊佐の方へと戻っていった。

＊

降りしきる雨が、動かない小さな身体の上に落ち続けている。

「だ、大丈夫か――？」

早見は急いで斜面を駆け下りて、その場に向かっていく。

山の絶壁から落ちた明彦はしかし、やはり動かない。

「お、おい――おいってば、よ――」

思わず頼りない声を掛けてしまうが、しかし返事はない。

そして早見の手があと少しで、その少年のところに届こうかという――そのときだった。早見は自分の身体が急激に動きが鈍くなっていくのを感じ、そしてその中で

〝――ごくっ、ごくっ――〟

と、人間が何かを飲み干すときの音が響いた。

早見の身体は、焦りの中で固定されて、動けない状態になっていた――レイズィ・ノイズの発現だった。

この距離、この場所――その異音の主は明彦に間違いなかった。

だが――その音が途切れる。

〝ごくっ――ご、ご……〟

途中でぶった切られたように、唐突に終わってしまう。

その終わり方には、背筋が凍りつくような、足元が崩れ去って急に虚空に投げ出されたような、たまらない不快感があった。

時間の停止も、同時に終了して早見は、明彦の身体に手を伸ばして、その細い肩を摑んだ。

それはびっくりするくらいに、冷たくなっていた。


「――あ、ああ――」


わかっていた。脈がなかった。

呼吸もしていない。見開いた眼は、瞳孔が開き切っていた。

取り返しのつかないことが起きてしまったのだった。


「――そ、そんな――そんなことが――」


あっていいはずがなかった。

だが、それは歴然とそこにあった。

目の前でそれがあり、それを避けなければならないと思っていたのに、彼はそれに間に合うことができなかった。

無力感と絶望に彼が叩きのめされて、どうすることもできなくなって――だが、その上から声が響いてきた。

「――壬敦くん、これを」

その声に彼が、はっ、となって振り向いたとき、何かが彼に向かって放り投げられていた。

反射的に受け取ったそれは、さっき――明彦が思わず拾おうとして、そして転落してしまった原因となった、その水筒だった。傾斜の途中で引っかかっていたのだった。

それを投げてきた銀色の髪をした男は、早見に向かって静かにうなずきかけてきた。

君は、やるべきことをもう知っているだろう、とでも言うかのように。

「…………」

早見は茫然となって、その水筒に眼を落とした。

そのとき脳裡の中で閃《ひらめ》くものがあった。その言葉を、彼は以前に聞いていたのだった。

〝……透明な水に色を付けるのには、ほんの一滴、色素となるものが落ちるだけでいい。魂に落とされた一滴というようなものが、人間を、生命を決定している……〟

それはおよそ、信じられることではなかった。非常識を通り越して、不条理とさえ言える概念だった。

だが――早見はためらうことなく、その動作に移っていた。

周囲は雨が降りしきっている。

辺り中が濡れていて、水分は至るところにある。

その中で、そんなものが何の役に立つのかと普通ならば思うだろう。そんなものに意味があるはずなどないと思うだろう。

だが――それでも、早見はそれを動かない子供に向かって垂らしていた。

彼が生命と引き替えにした水筒から、生ぬるい麦茶を一滴、少年の唇に落とした。

その、魂の一滴《ソウルドロップ》を――ほんのひと垂らし。

変化は急激で、しかも劇的だった。

彼の動かなかった眼が、ぎょろろっ、と突然に回ったかと思うと、その瞼《まぶた》が何度も瞬《しばたた》いていた。

「――ぶ、ぶはは っ……！」

口から苦しげな呼吸が漏れた。身体を強く打って、その衝撃が肺に残っているときの息遣いだったた。

――生き返った。

そうとしか思えない。蘇生《そせい》に成功したとか、衝撃から回復したとか――そんな次元ではなかった。早見はここで、やっと理解したような気がしていた。

生命と等しい価値のあるもの――キャビネッセンスと呼ばれる何物か。

（そうだ――あんたが何を探していて、そして場合によっては、何を奪っているのか――だから伊佐たちは、あんなに――）

彼が再び後ろを向いたとき、しかし銀色の髪をした男の姿は既になかった。

「…………」

しかし、今はその姿を追い求めている場合ではない。

早見は、うぐぐ、と呻いている明彦の身体を抱きかかえてやった。するとそこに、

「――どうしたんだ！　無事か？」

という伊佐の声が掛けられた。早見は近づいてくるその気配の方に向かって、

「子供が落ちた。身体を打っている――」

と即座に応じた。

CUT/6.
Tomomi
Morinaga

すべて、これって決められてるみたいで
――みなもと雫〈ヘルプレス・サマー〉

1

（くそっ――何がなんだか――）

始末屋のソガは焦燥の中にあった。

千条雅人に圧倒されたことにショックを受けているのはもちろんだったが、それ以前に――彼の心を占《し》めているのは、あの早見壬敦の背後にいた男だった。

（だが、そんな馬鹿な――見間違いに決まっている）

自分に向かってそう言い聞かせる。あいつがこんなところにいるはずがないのだ。

ソガは無論、山で仕事を終えてしまおうと考えた時点で、逃走ルートもいくつか想定していた。

計画自体はぐちゃぐちゃになってしまったが、その逃げ道だけはまだ生きている。途中で思わぬ邪魔が入ったが、あれはイレギュラー的なもので、警察との連動がされていてルートを全部塞《ふさ》いでいるとは、これはさすがに思えない。彼らがこの悪い電波状況下でなお連絡できていたとしても、警察機構は保険会社の通報程度でそこまで迅速な対応ができるほど柔軟ではない。警官を襲っておいたことで、そっちに警備が回されているのは間違いなかった。

（しかし――あれは何だったんだ……？）

彼はまだ混乱していた。

千条雅人はもちろんだったが、それ以前に彼に向かって訳のわからない言葉で語りかけてきた、あいつ――

〝君は、私がその姿で視えるのか〟

――あの顔には見覚えがある。あるどころではない。それは彼にとっては、かつて人生で最も近しい存在だったのだ。

だがそいつと別れてからはもう十年近く経ってい

る。それなのに、そのときのままの姿だった——そんなことはあり得ない。これは何かの勘違いだ。服装が同じだったので、印象がダブったとかいう程度の、どうでもいいような話に決まっている。

（そうだ——今はあの無表情で気色悪い保険会社の調査員《オプ》の追跡を撒くことを優先しなければ——よけいなことに気を取られている場合じゃない）

あの普通じゃない反応速度、あの調査員《オプ》は薬を使っているのかも知れないなとか考えながら、彼は手にしていたライフルを分解して背中のザックにしまいこみ、そのスコープだけを手元に残した。

雨で視界の悪い中、物陰に身を潜めてスコープで辺りを探る。特に異状は見当たらない。そのスコープ自体はありふれた物で、高級な民生品と軍用品の中間といった程度の代物だ。デジタル補正もない。しかし頑丈で、現用の最新式に比べて多少解像度が低くても、精度が狂わないのでずっと愛用している——そういえば、この品を使えと言ったのも、その人物だった。

彼の始末屋としての師匠で、石川《いしかわ》と名乗っていた——彼の伯父《おじ》ということになっていた、その人物。

（——だから、今はそのことは考えるな……！）

ソガはかっと熱くなりそうな頭を無理矢理鎮《しず》めて、スコープでさらに辺りを観察しなければと視線を動かした——その視界の隅を何かがよぎった。

銀色の——こんな山の中にはあり得ない、冷たく硬い色の、何かが——。

「………？」

彼は慌ててその一瞬だけ見えたものを再び捉えようとしたが、しかしどこにも見当たらない——と、スコープから少しだけのつもりで眼を離したら、既に目の前に誰かが立っていた。

「——やあ」

と、そいつは声を掛けてきた。

＊

早見壬敦と合流できた伊佐は、彼の抱えている子供の容態を手早く診《み》た。

「体温が下がりかけているな――身体を強く打ったというなら、頭への影響も心配だ。一刻も早く病院に運ばないと――」

彼は大声で、相棒のロボット探偵を呼んだ。千条はすぐに戻ってきた。

「急用かい？」

「この子供をすぐに病院に搬送《はんそう》する必要がある――殺し屋は倒せたか？」

「まだだね」

千条は特に悔《く》やんだ様子もなく、そう言った。伊佐が少し顔をしかめかけたところで、横から早見が、

「ああ、まあ、そっちはいいんじゃねーか。どうせ狙っているのは俺なんだろうから」

と、さらりとした口調で言った。

「そのことがバレてからも、杜名賀を襲う必要はないだろうよ」

「――ということだ。子供を頼む」

伊佐もうなずいた。千条は明彦を受け取って、軽々と抱え上げた。少年は伊佐のレインコートにくるまれていて、濡れないようにされている。

「一応、確認しておくけど――この荷物はどれくらい振り回していいんだい？」

人間の子供を荷物呼ばわりである。しかし伊佐はこれに淡白に、

「負傷した成人男性の搬送時の必要安定値を一・〇とすれば、〇・五の範囲でしか揺らすな。そして三十分以内には病院に到着していろ」

と命じた。千条は特に文句も言わずに、

「わかったよ」

と涼しい顔でうなずいたかと思うと、次の瞬間に

はもう、その場から跳躍するようにして山を駆け下りていった。

　それは下っているのか落ちているのかわからないようなペースであり、勢いだった。あっという間にその姿が見えなくなる。

「うわ、速いな——怖くないんだなあ、あの人は」

　早見が感心した、というような呑気な調子で言った。

「まあな。一応は言われた通りにやってくれるはずだ。融通《ゆうずう》は利かないが、こういうときは頼りになる」

　伊佐が苦笑混じりに言うと、早見はうんうん、とうなずいて、

「さすがは〈ロボット思考〉というところかな？」

と、静かな口調で言った。

　伊佐が思わず彼の方を見る。早見はその視線をまっすぐに受けとめる。

「そうなんだろう？　前頭葉の情動反応の機械化だ。例の計画としては第二段階のはずだな」

　その冷静な言葉に、伊佐はため息をついた。

「——まあ、東澱の係累が知っていても驚きはしないがな。妹さんの方は最初は知らなかったぞ」

「こっちは妹とは違って母親が妾《めかけ》扱いされてた分、色々と苦労してるんでね——寺月恭一郎の死後、ちょっとばかりあちこちに当たってみたんだよ」

「寺月？」

　伊佐はその名前に聞き覚えがなかったので、眉をひそめた。すると早見は肩をすくめて、

「あんたも、この世界でしのいでいくには、知らない方がいいこともあるって、わかってんだろ？」

　と意味ありげに言った。伊佐がサーカムから知らされていないことまで、この男が掴んでいるのは間違いなさそうだった。

「……やはり、見た目よりもずっとしたたかだな、あんたは」

　さすがに久既雄氏の孫だけのことはある。しか

も、その保護下にいなくてもいいだけの強さも持っているのだ。

「暗殺者に狙われる訳だ——思い当たる節《ふし》はないのか？」

訊いてみたが、早見は顔を逸らして、

「うーん」

と煮え切らない返事をした。

「まあ、そいつはちょっと置いといてもいいんじゃねーかな」

とぼけたように言う。

「おいおい、あんたの生命だぞ？」

「安心しろ、サーカムの生命保険には入ってないから」

ウインクしながらそう言われた。伊佐は顔をしかめて、

「くだらんジョークを言ってる場合じゃないだろう。東澱の増援でも呼んだらどうだ？」

「だから、東澱じゃねーんだよ俺は。今の俺は、頼まれ仕事をひとつずつ片付ける、しがない探偵だよ——」

と言いながら、早見はきびすを返して、山の上の方へ向かって、歩き出した。

「——どこに行くんだ？　戻らないのか？」

「この天気が続いてるうちに、ちょっと確認しなきゃならないことがあるんだよ——良かったら付き合うか？　それにあんたは、俺が会ってるかも知れない謎の男についても、調べなきゃならないんじゃなかったのか」

「——む……」

そんなことを言われては、追わないわけにもいかない。伊佐も彼について、山を登っていった。

二人の上に雨が依然として、降りかかってくる。伊佐のサングラスに水滴がたくさん付いて視界が悪くなるが、そのまま流れ落ちるに任せていると、早見が、

「あんたの眼——生まれつきじゃないんだろ。どう

して悪くした？」

と訊いてきた。

「医者によると、見るべきではないものを直視したためらしい。それが何なのか、そいつは研究中だ」

ペイパーカットを目撃しても、眼が悪くなったという例は彼以外にはない。だからこそ伊佐はサーカム財団の研究対象のひとつなのだ。

「あんたもやっぱり、地獄を見てきたんだねえ」

早見は全然、誠意というものが感じられない口調で言った。

「俺のことはどうでもいいだろう。今、問題なのはあんたの方だよ、ミミさん」

相手をまた、わざと綽名で呼んでみる。すると早見は振り向いて、

「そうそう、そう言われる方がいいな。東澱の次男坊とか言われると虫酸《むしず》が走る」

と悪戯っぽくうなずいてきた。

「俺の方は、あんたを伊佐っちとか呼べばいいかな？」

「……伊佐でいいよ。呼び捨てにしてくれ」

伊佐が投げやりに言うと、早見は笑った。

「ははは、まあそうもいかねーよ。じゃ〝いっさん〟てのはどうだ。名前も俊一さんだろ？　ちょうど姓名どっちにも掛かってるぜ」

一方的に綽名を付けられた。そんな呼ばれ方など一度もされたこともない。

「好きにしてくれ――そんなことよりも」

伊佐は少しあらたまって、話を切りだした。

「あんたに、少し説明しておく必要がやはり、あるだろうな――ペイパーカットのことを」

「なんだいそりゃ」

「あんたも薄々、見当は付いてるはずだ。あの予告状を出した奴のことを、我々はそう呼んでいる」

「いいのかい？　そいつは秘密にしておかなきゃならないことじゃねーのか。この前は、あの千条さんが話を遮っていたろ？」

ちょっとした会話だったのに、あの時点でもうそのことに気づいていたのか——と伊佐は早見の頭の回転の速さに驚いた。

「だから、あいつがいない今、その話をするんだよ——あいつは悪い奴じゃないが、腹芸とか隠し事とかが本質的にできないんでな。サーカムの言いなりだ。で、奈緒瀬さんはあんたのことが心配だから、巻き込まないようにしたいと思ってる」

「ああ見えても、あいつ実は優しい娘なんだぜ？わかってる？」

「さあな。こっちはライバルだからな——あまり優しい面を見る機会はなさそうだ」

「そりゃ残念。いっさんにそう思われてると知ったら、あいつがっかりするぜ」

「……なんのことだ？」

伊佐はきょとんとした。早見は肩をすくめるだけで説明しない。伊佐は少し戸惑ったが、しかし今は冗談みたいな話に深入りしている場合ではなく、すぐに頭を切り替えた。

「信じにくい話だが、ペイパーカットは——」

と、その〝怪盗〟について説明をした。

正体不明の神出鬼没であること。

見る者によって全然別の姿に見え、識別がほとんど不可能であること。

そして何より、キャビネッセンスと呼ばれている謎の物体を略取《りゃくしゅ》することにより、人間を殺傷できること——。

「——だから正確には泥棒とは言えない。奴はむしろ殺し屋だ」

伊佐の声には相変わらず、怒りが籠もっていた。彼のペイパーカットに対する感情はあくまでも、敵意のあるものだった。

「——ふうむ」

早見はこの非常識な話を、さほど驚くでもなく、完全に否定するでもなく、あいまいな表情で聞いていた。

「それで、奴の今の標的がミミさん、あんたである可能性がある」

「へえ?」

「はっきり言って、一番高い——他に関連性のありそうな人物がいないからだ」

「そいつは、前の事件との——って意味か?」

「そうだ」

「その前の事件ってのは、何だったんだ」

「あんたも聞いたことはあると思うが、みなもと雫《しずく》って死んだ歌手の追悼《ついとう》コンサートの最中に起きた大騒ぎだ」

「ああ、確かにニュースで観たな、それ——なんか裏カジノがどうしたとか、銀行の不正だの何だのにも絡んでなかったか?」

早見の踏み込んだ発言に、伊佐は苦笑した。

「その辺の事情は報道されなかったはずだがな——普通は知らないぜ」

ニュースで観ただけではなく、裏事情にも通じていなければコンサートの出資者の隠れたスキャンダルまではわからないだろう。地方銀行が違法なカジノのスポンサーをやっていて、しかも偽札を使っていたのが事件のとばっちりで発覚したりと、かなりの大事《おおごと》になったのだが、その辺りのことは東瀛が揉み消してしまったのだ。

「なるほど、そっちか——」

早見はしみじみと納得した、みたいな顔になった。

「そっち?」

「いや、こっちの話。……で、そのコンサートの方じゃ死人も出たって話だったが——あんたの言ってるのは、そいつか」

「そうだ。奴の仕業《しわざ》だ」

「確証はあるのかい」

訊かれて、伊佐は、

「…………」

と黙り込んだ。確証も何も、それは彼の目の前で起きたことだったが——彼自身、そのことに対して心の整理はついていない。

　ペイパーカットとの決着がどんな形になるのか、それはまだわからないが、おそらくはそのときが来るまで、この不安定な感覚は一生消えないのだろう。

　伊佐が無言でいるのに構わず、早見はどんどん山を登っていく。そして岩がいくつも山肌から突きだしている異様な場所に、再び戻ってきた。

　ぶおお、ぶおお——という独特な風の音が、雨の中で鳴っている。

「なんだ、ここは?」

　伊佐が不思議そうに周辺を見回す。

「いっさん、あんたにちょっと立ち会ってもらいたくてな——ここで二十年前に、殺人事件が起きているんだ。決着はついたが、いくつもの謎が中途半端な形でぶら下がったままだ」

　早見は岩のひとつに手を当てて、かるく撫《な》でながら呟いた。

「その事件を、これから解決する——」

「え?」

　伊佐は、思わず早見の方をまじまじと見つめてしまった。

「なんだそりゃ——一体何の話なんだ?」

「まあ、探偵にゃ過去からの因縁が絡んでる謎めいた事件が付き物だろ?」

「そういうことじゃなくて——二十年前? ミミさん、あんたは今、二人の殺し屋に、同時に狙われているんだぞ?」

「ああ——そうかもな。でも、たぶんそいつらは、もうどっちもケリがついてんじゃねーかな」

　早見の表情はとぼけてはいるものの、そこには誤魔化しているような雰囲気も、投げやりな態度もなかった。

　込み入った事態をすべて把握していて、その状況に対応しているだけ——そんな冷静さがあった。

「……なんだと？」

伊佐にはなんだか、この目の前の男がペイパーカット以上に訳のわからない存在に思えてきていた。

雨がますます強くなってきた。

2

石川——そいつは皆にそう呼ばれていた。ありふれた名前であり、外見もありふれた中年であり、誰も彼のことを気に掛けない、そんな男だった。

そいつは彼の〝伯父〟だった。血のつながりがあったのかどうか、ソガは確認したことはない。石川によるとあるらしかったが、そもそも本人もとっくの昔に戸籍など消してしまっていたので、証拠はない。

ソガはその男に育てられたのだった。赤ん坊の頃の記憶はないが、少なくとも養護施設に預けられて育った少年時代には、保護者として登録されていたり、金を施設に入れてくれるのはその伯父だった。

その頃の名字が〝礎河《そが》〟であり、後の伯父の石川という通称はそれを多少もじって付けたものであった。だから伯父に引き取られて、始末屋の相棒として仕込まれていった時期は彼もまた石川と名乗っていた。

彼らは良いコンビになった。ソガは石川に教えられたことを完璧にマスターし、優秀な始末屋になった。

ある意味で——優秀になりすぎた。

やがて彼は、伯父の能力を見切った。自分よりも判断力に於いて鈍く、行動力に於いて劣ると思うようになっていき、やがて袂《たもと》を分かつことになった。伯父のレベルを超えてしまい、相棒としても使えないと判断したのである。彼は唯一の肉親的な存在を捨てた。

〝駄目だな、あんた——この商売には向かなくなっちまった〟

そう言い捨てて、彼は伯父から離れた。石川という名もそのときから使わなくなった。

彼がソガという名前を未だに使っているのは、それが一種のトラップになっているからである。ソガを調べようとして手繰っていくと、その前に石川にぶつかることになるからだ。

だが――それももう無理らしい。その石川はこの前、偽札を知りつつ使っていた地方銀行から、その秘密を知った者を消してくれという依頼を受けたがこれに失敗し、死んだという噂だった。死体から身元は割れなかったというが、ソガはたぶん本人だろうと思っていた。

そろそろくたばってしまう頃だ――それは彼の判断とも一致していた。

だから――いるはずがないのだ。

もう死んでいるはずなのだ。

彼のところには二度と現れなくなったはずなのだ。

なのに――それなのに、

「う、ううう……？」

目の前に立っている男は、十年近く前に別れたときと、寸分違わぬ姿をしていた。

そいつが口を開いて、囁くように言う。

「私も――君のことを知っている」

その声は雨と風が荒れる空間の中で、まるで耳元で怒鳴られているような鮮明さで聞き取れた。

「君の姿が――彼のキャビネッセンスだった。私はそれを辿って、君を知った」

何を言われているのか、当然のことながらソガにはまったくわからない。だからほぼ同時刻に、別の場所で早見壬敦がこのことを示して、標的は自分ではなく――前の事件で同じように死んでいる始末屋のつながりであることを、

〝――そっちか〟

と、既に指摘していることなど想像もできない。

ましてや、盗聴器を仕掛けるために杜名賀家に忍

び込んだとき、誰よりも先に、応接間に置かれていた紙切れを見ていたことと、この目の前の事態の間に相関性を見出すことなどできようはずもなかった。

「君は――」

そいつは、静かな足取りでソガに接近してくる。

「他人の生命を奪うことを生業《なりわい》としているようだが――それはどんなものなのだろうな」

ソガはパニックになった。

「う、うわあああっ！」

絶叫して、相手に襲いかかろうとした。

だが、彼の身体が相手に触れるか触れないかというところで、するり、とその姿はまるで風に揺れる木の葉のように抜けていった。

「うわ、うわ、うわわっ……！」

ソガは叫び続けて、摑みかかり続けた。普通だったらとっくに相手の身体を捕らえ、関節をへし折り、首を捻《ねじ》っているはずの状況で、しかし彼は相手に触れもしない。達人を相手にしているとか、そんな次元ではなかった。動きが読まれているのではない。彼は磁石で、相手も磁石――同極同士でいくら近寄っても、決してくっつかないような感じで、相手は彼が寄った分だけ、確実に離れるのだった。

ずるるっ――と足が滑って、ソガは転倒した。

山の傾斜を転げ落ちていく。上も下も定かでなくなり、天はどこで地はどっち向きなのか、一瞬何もかもわからなくなる。

（な――お、俺は……）

自分が誰で、ここがどこなのか、今まで何をしていたのか――すべてを見失いそうになる。

ばしゃっ、と水飛沫《みずしぶき》を上げて、泥水が溜まった窪《くぼ》みに落ち込んだ。

慌てて顔を上げる。体勢を立て直さなくてはならない、と思う。

（戦う――戦わなければ）

必死で気持ちを奮《ふる》い立たせる。そして、武器を出さねば、と思って、彼はポケットをまさぐった。

指先がそれに触れて、彼はほっ、と安堵が心に湧いてくるのを感じた。これがあれば大丈夫だ——と感じて、彼は目の前にやってきたその〝敵〟にそれを突きだした。

そして——ぎくりとした。

彼の手の中にあるそれはナイフでもピストルでもなかった。武器ですらなかった。

さっきまで彼が覗き込んでいた、ライフルスコープだった。

なんで——と彼が絶句したのは、勘違いしたからではなかった。そうではなかった。

彼はそれが単なるスコープであることを理解していながら、なお——それを出せば安心だと、一瞬でも心の底からそう思ったからだった。

(どうして——こんなものを——)

頼りになるものだと、さながら子供が泣きわめくときに反射的に〝助けてママ〟と母親を呼ぶかのようだに、このスコープに——すがったのだった。

自分は今まで、それを捨てなかったのは単に使えるからだとばかり思っていたのだが、それが——そうではなかったのか……?

手の中から、ぽろり、とそのスコープが落ちた。

「…………」

彼は茫然として、水たまりに浸《つ》かっているその物体を見つめた。拾い直そうかどうしようか、そんなことさえまともに考えられない……。

すると手が伸びてきて、スコープを拾い上げた。

眼を上げて、そして——ソガは驚愕に眼を見開いた。

そこに立っているのは、さっきまでの男ではなかった。

全然別の、見たこともない人物だった。

「……な——?」

それは銀色をしていて——この世に存在している他の、誰にも似ていない。

そいつは拾い上げたスコープを、かるく振ってみせながら、

「これを、もらってもいいかな？」

と優しい調子で訊いてきた。

ペイパーカット——サーカム財団はそう呼んでいる、その泥棒が。

「——え……？」

「君は今、みずからこの物体を手から落とした——そのことの意味が、君にわかるかな」

ペイパーカットはスコープを弄《もてあそ》びながら、ソガの眼を覗き込むように見つめてきた。

「い、意味って——」

「君は——もう、変わった」

その銀色は興味深いものを観察するように、ソガから眼を逸らさない。

「自分で〝これがそうだ〟と気づいてしまった瞬間、キャビネッセンスはその性質を失って、生命は別のものに変化してしまう——人は決して己を摑まえることができない。すべては流転《るてん》していき、同じものであり続けることはできない。どんな生命もその現象から自由にはなれない——他人の生命を奪うことを生きる目的として選んだ君であっても、それは例外ではなかったようだな」

「…………は？」

何を言われているのか、まったくわからない。

しかし——目の前の、このペイパーカットは隙だらけにしか見えない。彼は焦りつつも、ポケットから今度こそピストルを取り出して、相手に向けて構えた。

だが、ペイパーカットは微動《びどう》だにしない。相変わらずソガを、じろじろと容赦のない視線で見つめ続けている。

そして言った。

「——無駄だ。君はもう、さっきまでの君ではない」

「な、何を——」

「人を平気で殺せる感性は、さっきまで君のキャビネッセンスであったものと共に、永遠に喪《うしな》われた——殺し屋としての君を支えていたものは、もうこの世にはない。そう——自分で手放してしまったのだから」

ペイパーカットはそう言うと、スコープをコートの中にしまい込んだ。そして——あらためてソガを嘗《な》め回すように観察して、それから微笑んだ。

「…………っ！」

ソガは、全身が凍りつくかと思うほどの寒気を覚えて、動けなくなった。

その微笑みは、決して彼を嘲笑っているような感じではなかった。獲物を前にした猛獣のそれでもなかった。冷静で落ち着いていて、そのくせどこか無邪気な感じでもあるような、不思議な笑みだった。取り立てて迫力はない。威圧する気配は皆無である。だが……それでも、ソガは手にしている拳銃の引き金を引こうという気に、どうしてもなれないのだった。その可能性など最初からまったく存在しないような、そんな——無敵の余裕がある微笑みだった。

ペイパーカットの笑い——彼は知る由《よし》もないが、それはこの前の事件で伊佐俊一が目撃したものと同じものだった。

「う、うううう……！」

う——撃たなければ。

引き金を引いて、目の前に立っているこの敵を撃ち倒さねば。

しかしその手が、腕が、肩が、身体が——どうしようもなくぶるぶるぶると震えていて、まったく自由にならない。

引き金を引くなど、とんでもない——と本能が拒絶していた。理性はその圧倒的な否定の前で、小さく縮こまってしまっていた。

ペイパーカットは、そんな彼の怯える姿を見つめていたが、やがて——きびすを返した。

雨の中を、背を向けて去っていく。

ソガは茫然としながら、それを見送ることしかできない。やがてその銀色は風景に紛れ込んでしまったかのように、消え失せた。

「…………」

ピストルを握りしめている腕が、がくり、と垂れた。

何が――なんだかわからない。自分が夢を見ているのか、それとも現実の出来事なのか、それさえはっきりせずに――曖昧としていた。たとえば彼がモンタージュ尋問に掛けられたとして、今の今まで会っていたはずの人物の顔かたちはどんなだったか――特定することができないだろう。

「う、うぐぐ――」

呻きながら、彼は濁った水たまりから身体を起こした。これからどうするのか、それを考えられる落ち着いた場所まで行かなければ――と思ったそのとき、山の上の方から、どどどどっ、と何かが落ちてくるような音が響いてきた。

慌てて身を隠す。そして物陰に隠れてそっちの方を窺ってみて、彼は冷や水を浴びせられたように、瞬時に緊張状態に入った。

上から降りてきたのは、子供を胸に抱えた千条雅人だったのだ。

＊

千条雅人は、山を恐るべき勢いで駆け下り続けていたが、

「う、ううう――」

その腕の中に抱えられた明彦が、もぞもぞと動いたので、急ブレーキを掛けて停止した。少年の意識はずっと朦朧《もうろう》としていたのだが、それが眼を醒ましたのだった。

そして事態を把握できず、きょとんとしている明彦の眼をまっすぐに覗き込んで、

「動かないように」

と素っ気ない口調で一方的に言いつけた。

「——え？」

「伊佐は君を慎重に運ぶようにと言っていたから、それに従っている。君の搬送に関しては早見壬敦の指示でもある」

早見の名前を聞いて、明彦の顔がぱっと明るくなった。

「——あ、あの探偵は——」

訊ねようとしたが、千条は応じず、

「体温や脈拍、瞳孔《どうこう》の状態などから診て君の容態はおそらく、もうそんなに深刻ではないと思われるが、指示に逆らうほどの要因はないから、やはりすぐに病院に行かなければならないんだ。君は可能ならば、さっきまでと同じように意識を失うか、眠っていてくれないかな」

「——え、ええ？」

突然に訳のわからないことを言われて、明彦は戸惑った。

千条は、そのびっくりしていてとても眠りそうにない明彦を見て、少し首をかしげて、

「君は、早見壬敦の言葉には従うのか。ならばあの男はこの前〝子供の頃は子守歌を聴かせれば眠ったものだ〟と言ってたから——」

と言ったかと思うと、小さい声で「検索——歌」と呟いたかと思うと、突然に歌い出した。

それは激しい調子で、エモーショナルに歌い上げるバラード・ロックだった。


気がつくと、じっとりと絡みついていていてむせかえるような夏に、取り囲まれててまばゆい太陽に色んなことがありそうで刺激的な潮風に色んな人と出会えそうででも、実はみんな同じ顔しかしてなくて大好きなことも、吐くほど嫌いなことも抱きしめたいことも、うとましいことも

ほんとに大切にしなきゃいけないものも
すべて、これって決められてるみたいで
私に絡みついてくる、暑いばかりの季節
何も考えられない、そんな恋も終わって

それはみなもと雫のアルバム〈青空と雫〉に収録されている曲のひとつで、この前の途中で中断したまま終わったトリビュート・ライブでは灰かぶり騎士団というバンドが歌うはずだった曲だった。単純に、千条雅人が一番最近に全部通して聞いた歌がこれだったというだけの理由でセレクトされたものだった。

「――ひっ」

その声の大きさに驚いて、つい明彦は眼を閉じて身体を丸めた。

それと同時に千条は再び、疾走を再開した――大声で歌い続けながら、山を駆け下りていく。

「むせ返るような夏に、取り囲まれてて――ェ♪」

＊

「…………」

歌声が遠ざかっていく。

物陰に隠れて、彼らの様子を窺っていたソガは、小刻みに震えていた。

彼の手には、拳銃が握られていた。充分に射程距離内であったし、相手は停止していた。

そしてソガには、千条を撃たなければならない理由は無数にあるのに、撃たなくても差し支えない動機は皆無であった。

それなのに――やはり撃てなかった。

どうしようもない。身体が言うことを聞かないのだから。さんざん訓練を積んで、肉体に本能レベルで叩き込まれていたはずの暗殺術の数々が、最後の一撃を相手に加えるというところになって、まったく作用しなくなっていた。

それはすべて、伯父の石川によって叩き込まれたものだったことを、あらためて思い出す――それらがまるきり機能しなくなっていた。

「…………」

千条が完全にその場から離れたことを確認すると、ソガはもぞもぞと物陰から出てきた。

これからどうするのか――彼はぼんやりとそう思うしかなかった。

山から遠くの地を見渡すと、向こうの方では雲の切れ間が見え始めていた。

まもなく――雨が止む。

3

「二十年前、ここで惨劇があった」

早見壬敦は地面から突きだした岩のひとつに触れながら、雨でできた泥の水たまりにも構わずに地べたに這《は》いつくばるようにしてあちこちを見回している。

「犯人は殺人鬼の青柳――被害者は杜名賀朋美さん。だがなんで殺害の現場がこんな山の中になったのかは不明のままだ」

「――よく、わからないんだが」

伊佐はまだ腑《ふ》に落ちない、という表情である。

「ミミさん、あんたは別にその事件の解決を依頼されている訳でもないんだろう？　ましてやそいつは、未解決でも何でもない、既に終わっている事件だ――細かい不明点はあるのかも知れないが、それをなんで、よりによって今解決しなきゃならないんだ？」

「別に俺は、この事件そのものに対してはそんなに執着してねーよ」

早見はひとつの岩の周辺を調べ終わると、同様に次の岩へと移っていく。その作業にはまったくためらいがない。服が汚れるとか、泥で足元が滑るのが嫌だとか、そういうものがない。

なんだか作業機械のようだと思った。何か映画だったか小説だったか、名探偵のことを犯人が「おまえは人情のない推理機械だ」と罵《ののし》る話がなんかあったな、とどうでもいいようなことを思い出した。しかし彼の場合はそういうのではなく、

（気にしないのが他人の心情ではなく、自分の立場とか外見なのがこいつだな——己を省《かえり》みない）

こいつはそのままだったら、東澱一族の次男坊として大金持ちでいられたはずなのに、今はこうして——どうでもいいとしか思えないカビの生えた昔の事件を解き明かすと称して、泥の中を這いずり回っている。その心情の底にあるものはなんだろう……。

「事件に執着していないのなら、どうしてそんなことをしているんだ？」

「しょうがないだろう、他の奴が執着しているんだから……俺はそいつをどうにかするために雇われているんだから——そっちの方は、一応依頼を受けているんだよ」

「他の奴？」

伊佐は眉をひそめた。

「だって、事件に関わった人間はみんな死んでいるんだろう？」

「だから、それが知りたいんだよ——いや正直、見当だけならちょっとついてんだけどな……なかなか」

言いながら、水たまりの中から顔を上げた。見事に顔中泥だらけだ。

もちろん伊佐には、早見がレイズィ・ノイズの能力に基づいて行動していることなど想像の範囲外だから、早見の信念の源《みなもと》がなんなのかわからない。だがそれでも、

「なんか——あんたには、ごまかしが利かないんだな」

と、感じたことを口にしていた。

「は？」

早見は唐突に言われたので、少しきょとんとなった。

「いや――たぶん、納得しない限り、なんでもそのまま受け入れたりはしないんだろ、ミミさんは」

「そいつは強情っぱりってことか？　……悪口か？」

「まあ、あんまり誉めてはいないかも知れないな――世間的な意味じゃな」

伊佐はやや苦笑を浮かべながら、そう言った。

「ふうん……？」

早見は訝しげな顔をしている。伊佐は補足するように、

「大抵の人間ってのは、世の中の基準に自分を当てはめようとするじゃないか。そこから偉いとか正しいとか、あり得ないとか判断する訳だろう。でも、そんなにみんながみんな納得している基準なんて、実はない――どこかでズレてるはずだ」

千条と一緒に行動するようになって、伊佐は如何に世界が適当な辻褄合わせで成立しているのかを知った。あのロボット探偵が〝どうしてそうなんだい〟と人々のことを質問する度に、伊佐もまた〝なんでだろうな〟と思わずにはいられないからだ。

「ミミさん、あんたはきっと、自分がどれくらい世界とズレているのかを知っているんだろうと思うよ。普通の人間なら無理矢理に周囲に合わせるところを、自己流に理解することができるんじゃないのかな」

「はあ――」

早見はなんだかぼんやりとしている。

「ズレてる、ねえ――」

そして周囲をあらためて見回す。

「そういえば――そのはずだって思って、みんな調べたのに、それが出てこなかったんだから――何かがズレていたと考えるのが自然かもな……」

ぶつぶつと呟いている。

「え？」

伊佐が眉をひそめるのと、早見が身をひるがえしたのは同時だった。

彼は、地面から突き出しているその岩によじ登って、周囲をきょろきょろと見回しだした。今の今まではずっと地面ばかりを見ていたのに——。

「おい、今度は何を？」

「いや——そうだよ」

早見は探しながらも、まだぶつぶつと呟いている。

「そうなんだよ——ズレてるんだよ。簡単なことが、ひとつ抜けているから、そこからズレている——」

「何の話だ？」

「警察の現場検証では、確か——」

早見は返事をせずに、ある一方向ばかりをしげしげと見つめ始めた。

そして、はっ、としたような顔になり、岩から飛び降りて走り出していった。

「お、おいちょっと待て——」

伊佐も慌てて後を追う。

するとその胸元で、携帯電話が着信した。

「——あ」

ついさっきまでは電波状態が悪くて、全然交信できなかったのだが——回復したらしい。伊佐はすぐに出た。

「——もしもし」

〝伊佐さん、奈緒瀬です——〟

「ああ、良かった。こっちはお兄さんと接触しているところだ」

〝知ってます。千条さんが来ましたから——それで大騒ぎになっているんです〟

「なんだと？　子供は無事だろうな？」

〝それは問題ありません——というより、それが問題なんです〟

奈緒瀬の声はなんだか歯切れが悪い。伊佐はひどく嫌な予感がした。

〝子供はすぐに病院に直行しまして、今は検査を受けていますが――まず無事だろう、とのことです。それはいいんですが――あの〟

　奈緒瀬はここでため息をひとつついた。

〝伊佐さん、あの人になんて言って命令したんですか？〟

「――いや、大至急とかなんとか……あ」

　伊佐はしまった、という顔になる。

「――そうだ、三十分以内に医者に診せろ、と言ったな――」

〝確かに時間を厳守したみたいです――警官の検問を突破して振り切って、信号を全部無視して、車並みの速度で街を走り抜けて、病院に飛び込んでいきましたから――どういう訳か、大声で歌いながら〟

「…………」

〝まあ、孫が助かったというので、杜名賀さんは大喜びですが――まずいことにマスコミにも、いくつか撮影されましたよ〟

「――うー、そうか……」

　後始末のことを考えると、今から頭が痛くなる。千条雅人に仕込まれているチップのことはまだ、絶対に公表してはならないレベルの秘密なのだ。

〝とにかく、兄を連れてすぐに戻って下さい。警察も怒っていますよ〟

「ああ、そりゃわかっているんだが――」

　伊佐はちら、と早見の方に視線を移した。彼は少し離れた場所で、またさっきのように地べたを調べ回っている。さっきの場所のような明確な目印のようなものはないが、いくつかの岩が積み重なっている上に土が被《かぶ》さっているような地形だ。

　その岩と岩の間に、なにやら手を差し込んでいる。

「――あれ、よっと、もうちょい――」

　ごそごそと奥の方を探っているようだ。伊佐はそんな早見に大声で、

「なあミミさん――妹さんから電話で、すぐに戻れ

って話だぞ」

と怒鳴った。しかし早見は反応せずに、作業をそのまま続けている。

伊佐はしょうがないので、また電話すると言って通話をいったん切って、早見のところに行く。

「――どうしたんだよ、今度は？」

「いや――」

早見は岩と岩の隙間に手を伸ばしながら、一人で何度もうんうん、とうなずいている。

「たぶん、隠したんだろうと思ってな――投げ捨てた振りをして、その後でしまい込める場所ってどこかと考えたら――見回してみても、ここぐらいしかない」

「はあ？　何の話だ」

早見の言っていることは、前提が説明されないのでまったく意味不明である。

「だから――ズレてるんだよ。世間一般で思われてたことが、根本から間違っていたんだよ――ほら」

どうやら探していた物が見つかったらしい。彼はゆっくりと腕を引き抜いた。

その手には、何やら棒のような物が握られていた。瘤《こぶ》がついた枯れ木のような、茶色の物体だ。

「……なんだ、それは？」

このときの伊佐には、それがなんなのかまだわかっていなかった。

しかし彼も、それが二十年前に死んだ女性の腕のミイラだと知ったら、とてもそんな風に落ち着いてはいられなかっただろう。

「なんだろうな――しかし」

早見はそれを慎重に、雨に濡れないように防水シートをポケットから出して、くるみ出した。

「まだこれだけだと、材料が足りない。もう少し論理を補強する必要があるな」

「論理の補強？」

「つまり、関係者に話を聞かなきゃならないってことだが――まあ、あの杜名賀の礼治さんの方からは無理だろうなあ。となると……」

　ぽりぽり、と頭を掻いた。

「あー、気が進まねーなあ――となると久既雄じいちゃんしかいないじゃんか」

「え？」

　伊佐も、その名を聞いてぎくりとした。奈緒瀬の祖父でもある、陰の世界での絶対権力者のひとり――東澱久既雄のことを〝じいちゃん〟と呼ぶのはこの世にこの男しかいないだろう。

「ああそうだ、いっさん――警察にも話を通しておいてくれないか？」

「警察？　誰にだ」

「あんたからの方が向こうも聞きやすいと思うぜ。あの神代って警視には、よ――」

　そう言って、早見はウインクした。

　いつのまにか、雨はすっかり上がって、空には青い色が戻り始めていた。

CUT/7.
Masato Senjyo
&
Dr.Kugito

私に絡みついてくる、暑いばかりの季節
何も考えられない――そんな恋も終わって
――みなもと雫〈ヘルプレス・サマー〉

1

「――ペイパーカットは、現れなかったな……」

あれから三日が過ぎたが、それ以来何の異常も起きず、伊佐と千条は待機状態のまま無為《むい》の時を過ごしていた。

「あの予告状は、やっぱり偽物だったんだろうか？」

千条も首を横にひねりながら言う。

「今までの事例からして、はっきりとした日時が書かれていない場合、その二日後までには死人が発見されているからね――それがないということは、どうなんだろう。あるいは失敗したとか？」

「――失敗、か――」

伊佐は渋い顔である。

「奴の目的がなんなのか、キャビネッセンスというものが何に由来しているものなのか、それがわからない以上――奴にとっての成功とか失敗を簡単に計ることはできないだろうな。そう――」

言いかけて、伊佐は途中で口をつぐんだ。

サーカム財団の見解では、ペイパーカットは、あくまでも残虐非道な人間の生命を生命とも思わない殺人鬼である。それが――

（必ずしも、殺してばかりではないのかも知れない――）

――ということになれば、その行動指針の根底が揺らぐことになる。それは伊佐にとっても好ましいことではなかった。たとえ不明瞭な意見としても、それを千条の前で言うのはためらわれた。

二人は駐車している車の中にいる。杜名賀家の近くの駐車場が、彼らの最近の居場所になっていた。屋敷の中はさすがにいられないし、付近は一般住宅ばかりで宿を取ると少し離れすぎるのだ。

（あの早見壬敦を襲った殺し屋も、まだ捕まっていないな――奴もどこに逃げたんだろうか）

一応、標的は杜名賀家の人間ではないという彼の見解は、杜名賀宗佑と神代警視には伝えてある。彼らがそれを本気にしているかどうかはわからないが、少なくとも杜名賀家に対する何らかの脅迫行為に類するものもあれ以来まったくない。あの明彦少年も、健康には何の問題もないということで、もう家に戻っている。

そして早見壬敦は——どこかへ行ってしまった。

あの雨の日の後、山の中で見つけた奇妙な乾涸《ひか》らびたものを伊佐に〝警察に渡してくれ〟と言って託してから、そのままこの地から去ってしまったのだった。東澱の方では動向を把握しているらしいので、伊佐たちは特に追ってはいない。ペイパーカットの標的かもと思っていたのだが、予告状の発見場所から遠く離れている今、彼が急死してもそれはペイパーカットの仕業ではないだろう。予告状が置かれていた地点に近い場所以外では、奴の〝犯行〟は行われたことがないのだった。

しかし居場所はわかっていても、ペイパーカット相手の張り込みを続けなければならない奈緒瀬自身は兄に会い損ねて、身勝手な兄に怒りをぶつけ損ねた彼女は未だにぷりぷりしている。昨晩も彼女はこの車に一緒に乗って有事に備えていたが何も起きず、その間中とにかく彼女は兄の愚痴ばかりを言っていた。今は、そろそろ引き払う準備を始めるために、部下たちとミーティングをしているはずだ。

「僕らも、引き上げ時かもね」

千条の言葉に、伊佐も、

「そうだな——」

と曖昧にうなずいた。

すると——そんな二人の前に、日傘を差して白衣を着込んだ男が、ひょこひょこ、と軽やかな足取りで近づいてきた。

その亜麻色のぼさぼさ髪の男を、もちろん伊佐と千条は知っていた。

「——釘斗博士？」

伊佐の眼の主治医で、千条の脳内チップの調整と管理も担当しているその人物は、

「よう、俊一」

とかるく手を上げてきた。日傘は、その肌が下の血管が透《す》けて見えるほど生っ白いので、この夏の直射日光を避けるためだろう。確かに一分と外に立っていたら、彼なら肌があっという間に赤剝《む》けになってしまいそうである。

「何しに来たんですか?」

千条たちが車から出て迎えると、博士はニヤリと笑って、

「おまえがあれだけ大暴れしたのに、検査に来ないんで出向いてきたんだよ——というのは冗談で」

と博士は後ろを振り返った。するともう一人の人物が角を曲がってこっちに来るところだった。

神代警視である。何やら渋い顔をしている。

「あの警視に呼び出されたんだよ。俊一、おまえが持ち込んだ証拠物件の件でな」

「証拠物件?」

伊佐が眉をひそめると、神代警視はつかつかと彼らの方にやってきて、

「先輩、なんですかあれは? この件をさらにややこしいことにしたいんですか?」

と開口一番で文句を言ってきた。

「ちょっと待て、何の話だ?」

混乱する伊佐に、釘斗博士が、

「まあ立ち話も何だから、とにかく車の中に入ろう。暑くてクーラーが恋しい」

と言って、一人でさっさと伊佐たちが乗っていた車に乗り込んでしまった。仕方ないので、伊佐たちも一緒に乗り込む。

四人は車の密室の中で、互いの顔を見合わせた。

「で——どういうことなんですか」

「先輩が早見壬敦に渡されたという、あれは——死体の一部でした」

「死体?」

「杜名賀朋美の右腕だ。死後二十年――完全にミイラ化していたので、腐敗からは免《まぬが》れていた」

釘斗博士が淡々とした顔で言う。

「原因は色々と考えられるが――確か殺されて解体された日が、雨の日で水浸しになっていたという話だから、そのときにうまい具合に体液が雨水に混じって腐敗しやすい油脂《ゆし》成分が外に流れ出て、しかも陰干し状態で乾燥してしまったんだろうな。自然なものだ。人工的に作られたミイラではなかった」

「どうして博士がその調査をされたんですか？」

千条の問いに、博士はちょい、と悪戯っぽく片方の眉を上げて、

「私は一応、その筋の権威だからな。警察の捜査の協力もしているんだよ。神代警視とも以前からの馴染みだ」

と自慢げに言った。どんな筋だよ、と横で聞いていた伊佐は思ったが、そんなことよりも、

「杜名賀朋美本人に間違いないんですね？　例の、青柳という男に殺されたっていう」

と確認する。博士はうなずいた。

「遺骨や遺髪などがあったから、ＤＮＡ鑑定は楽なものだったよ」

「問題はそんなことではない」

神代警視が厳しい顔を崩さずに言った。

「何であんなものを、早見壬敦が発見できたかということだ。奴が禿猿山に登った目的はあれを探すためだったのか？　……先輩は何か聞いていないんですか」

と詰問《きつもん》調で詰め寄られても、伊佐は、

「いや――そう言われても」

と曖昧に答えるしかない。

「はっきりしたことは全然言わなかったからな、あの私立探偵は」

「二十年前の事件は既に解決している。今頃になってあんな物が出てきても正直困るんですよ。どういう風に処理すべきか、頭が痛い」

「身元が判明した遺留品扱いで、杜名賀家に返却すればいいのでは」

千条が、錯綜《さくそう》している状況やその後に生じるであろう混乱のことなど無視して、単純な原則論を提示した。

神代と伊佐は顔をしかめ、釘斗博士はニヤニヤしている。

「意見を言うのが少し早いぞ、千条雅人。もう少しデータを集めてから発言すべきだな」

「そうですか？　伊佐はよく、私の意見を求めるもので」

千条は相変わらずの、とぼけた表情である。伊佐はため息をついた。

「神代警視の話の途中だったぞ。警視の言葉をきちんと最後まで聞け」

「なるほど、それも言えるね。どうも失礼」

と神代に向かって馬鹿丁寧に頭を下げてくる。

「…………？」

神代は憮然《ぶぜん》とした顔である。しかしすぐに気を取り直したようで、

「……とにかく、今の段階でこんな物が出てきたなんてことが表沙汰になったりしたら、ますます杜名賀家に対しての嫌がらせが進んだと思われてしまう。早見壬敦は何のつもりでこんな物をほじくり出してきたんだ？　彼は瀬川家の方と内通していたのか？　——どうなんです、先輩」

また伊佐の方を睨んでくる。

「そういうタイプには見えなかったが——依頼を果たすんだ、みたいなことしか言っていなかったし、その依頼というのは、彼の大学時代の恩師からツテで来たという、杜名賀麻由美の離婚問題を争いにせず円滑に終えるって話の意味だったろうし——少なくとも、嫌がらせって感じじゃなかった」

「それは彼が、そのミイラの腕を警察に渡してしまったことからも明らかですね」

千条がまた口を挟んできた。

「もし嫌がらせならば、別の使い方をしているはずです」

「うん、今の指摘は的確だぞ」

釘斗博士が満足そうに、自分の〝作品〟である千条の意見にうなずく。千条は誉められてもまったく顔を変えずに、

「少なくとも早見壬敦は、杜名賀宗佑からの依頼である明彦少年の保護に関しては忠実に果たしていますから、杜名賀家に対しての敵意はそれほどなさそうです」

「あの子供を助けたのはあんただろうが――」

神代が言うと、千条は、

「私は伊佐と早見氏の要請に従っただけの道具ですから。あの作業に関しては主体性がありません」

自分を道具呼ばわりする無茶苦茶な発言に、釘斗博士が、

「うーん、今の言葉の使い方は少し繊細さがないな。単語の選択に問題があるな。おそらく――」

と今度は文句を言いだした。話がどんどん逸れていく。伊佐はあわてて彼の言葉を遮って、

「と、とにかく警察は一度、ミミさんを――早見氏を押さえた方がいいんじゃないのか。東瀾が彼の消息を知っているはずだ」

「まあ、そうするしかないんでしょうがね……」

神代は、明らかに東瀾に借りを作るような真似をしたくない、という表情である。

するとそのとき、伊佐の所持するサーカム関連の連絡用携帯電話が着信を告げた。

神代をちらと見ると、どうぞ、という顔なので、彼は電話に出た。

「もしもし――？」

〝ああ、いっさんか。俺だよ、壬敦だ〟

電話は意外にも、話題の主である早見壬敦本人からだった。どうやら公衆電話から掛けているらしい。

「ミミさん？　あんた、今どこに――」

〝まあ、それは置いといて――例の腕の鑑識結果は出たかい。杜名賀朋美さんだったろう〟

「ち、ちょっと待て――」

伊佐が戸惑っていると、神代が、

「そいつは早見壬敦なんですか？」

電話の相手を察して声を上げた。するとそれが聞こえたようで、

〝ああ、警視さんもいるのか。そいつは都合がいい――実はいっさんと警察に、折り入って頼みがあるんだ〟

と口笛でも吹きそうな気軽な調子で言ってきた。

「なんだって？　なんのことだ」

〝だから――二十年前の殺人事件の真相ってヤツを、杜名賀さんの家の人たちに教えてやってくれないか、ってことだよ。これから説明するからさ――〟

声の調子は、あくまでも呑気そのものだった。

2

奈緒瀬は、そろそろここから離れようと思って準備していたところで、杜名賀宗佑の呼び出しを受けた。是非、直接お会いして話をしたい、と電話があったのである。

電話口では適当な挨拶をしたものの、奈緒瀬としては内心では、

（面倒だな――）

と思わずにはいられなかった。東澱と杜名賀がかつて対立関係にあったことは彼女も知っている。

「どうします代表、お断りしますか？」

部下からもそんなことを言われた。しかし彼女は首を横に振って、

「私から押し掛けてきておいて、何の挨拶もなしに帰るわけにもいかないし。ちょうどいい機会だと思うことにするわ」

と、彼女は一人で杜名賀家を訪ねていった。伊佐たちと共に近くまでは何度も来ていたが、家の玄関をくぐったのはこれが初めてである。

　特に会いたくなかった先代の礼治翁とは幸いにも行き合わず、奈緒瀬はそのまま宗佑の待つ応接間に入った。

「どうも、これはこれは。ようこそいらっしゃいました」

　宗佑は立ち上がって、握手を求めてきた。奈緒瀬はやむなく応じた。宗佑はにこにこしたままで、

「お兄さんの壬敦さんには、孫が大変に世話になりまして――直接お礼を言いたいのですが、あの人はすぐに別の仕事に掛かってしまわれたようで」

　と頭を下げてきた。その態度自体は真摯《しんし》なものだったので、奈緒瀬は少しだけ焦った。

「いえいえ――兄も当然のことをしただけだと思いますから」

　まさかあの兄のことで他人から礼を言われるとは……奈緒瀬は違和感を覚えずにはいられない。文句を言われることはあっても他人から感謝されるような兄ではないと彼女は思っているからだ。

「東澱さんがうらやましい。優秀な後継者が何人もおられるようですね。あなたもその若さで警備会社のグループ代表を務めていらっしゃるとか」

「いや、兄はもう東澱とは――」

　無関係です、と言いかけて、しかしこれではなんだか逆に警戒されそうなので、

「――家の仕事とは距離を置いて、独自の道を開拓しようとしていますから」

と、なんともわざとらしいことを言った。自分で自分の言葉に虫酸が走った。

　宗佑はしみじみとうなずいて、

「本当にご立派なことです」

　と感嘆したように言った。この人、本気なのかしら――と奈緒瀬は相手の感性をやや疑い始めた。

　すると宗佑が笑顔を消して、少し改まった調子

で、

「ところで、私ども杜名賀の方から東澱さんに、他にもお礼を言わなければならないことがありますね」

と切り出してきた。奈緒瀬は、

「…………」

と即答を避けた。

宗佑は、ふう、と息を少し吐いて、

「もうあなたもお聞き及びのことだと思いますが——今回の件は、どうもあの壬敦さんを標的としたもので、我々はその偽装だったらしい。あのサーカム保険の男はそう言っていました。証拠はないが、確かにそう考えると無理がない。言っては何ですが、私どもには現在、それほどの始末屋をわざわざ雇ってまで敵対しようという相手はなかった」

「…………」

「実は——昨日のことですが、瀬川家の方から正式に、麻由美との離婚調停に応じるという回答が来ました。こちらの言いなりです。あれほど折れるのを嫌っていたのに——どうも私どもとは比べ物にならないところから〝その争いをやめろ〟という指示があったようで——」

「…………」

「そしてどうやら、壬敦さんは一昨日、お祖父さんの久既雄氏にお会いになって、何やら話し込んでいったという——これらの出来事のあいだに何の相関関係もないとは、さすがの私も思いませんよ」

「——私は、何も聞かされていませんので」

「瀬川も、東澱に強く言われては意地を張っている訳にもいかなくなったようだ。これでやっと、明彦も余計なトラブルから解放されましたよ。孫は我が家が引き取ることに正式に決まりましたから」

「そうですか——それは何よりです」

奈緒瀬は、この男は彼女からどんな反応を引き出したいのか、と猜疑心《さいぎしん》の塊《かたまり》になっている。どう考えても、今この男が彼女に向かって本気で礼を言っているとは思えない。

兄と祖父の間でどんな〝取引〟が行われたのかは知らないが――祖父は絶対に、単なる孫のお願いくらいでは動かない――それは彼女が深入りすべきことではないのだろう。

この杜名賀宗佑がそれにつけ込んで、彼女を利用してなにか言質《げんち》を取ろうというのならば、警戒しなければ――と彼女が気を引き締めたとき、ふっ――と宗佑の眼が細められた。

それはなんだか、我が子を見るような優しい眼差しだったので、奈緒瀬はやや面食らった。宗佑はそんな彼女にうなずき掛けて、

「ああ――私の娘も、あなたぐらいに優秀だったらと思いますが、それはそれできっと厳しいことにもなるのでしょうな」

と奇妙なことを言い出した。

「は?」

「おそらく、杜名賀家というのは実質、私の代で終わるでしょう。会社の株や資産などは娘や明彦にできる限り遺すつもりですが、財界に今のような影響力を持ち続けたり、その中で覇を競《きそ》うようなことは、もうありますまい」

それは静かな口調で、韜晦《とうかい》めいた響きはなかった。

「娘にはそれだけの才覚はないし、またそういうことに向いている性格でもない。だから瀬川と組むような政略の真似事をしても意味ないだろうと結婚に反対もしたのです。今となっては明彦がいますから無駄にはなりませんでしたが、しかし――だからこそ明彦にはもう、家を継がせるとかそういうことから自由に育って欲しい――東澱とは、もはや勝負にはなりません」

まっすぐな眼で言われて、奈緒瀬はやや憮然とした顔つきになっている。

「……降伏宣言、ということですか? 杜名賀は東澱の傘下に入ると? 礼治さんは反対されるので

は」

「養父《ちち》の名で、この地に記念館を建てる計画を進めています。それで満足してもらえるかどうかはわかりませんが――私ができることはそれぐらいです」

彼はさっぱりとした表情であり、そこには敗北したというような無力感はまったくなかった。

（…………）

むしろ嫌な感じがしてならないのは、奈緒瀬の方だった。

俺たちは降りる、だがおまえはずっとその醜《みにく》い世界で抗《あらが》い続けるのだ――と言われているような、そんな気がしてならなかったのだ。

彼女はその後、適当な挨拶をすませてから、杜名賀家を辞した。

すると周囲の警官たちも、やや忙しげに動き回っていた。

「……どうかしたんですか？」

と訊ねると、奈緒瀬の正体を知っている警官の一人が、

「ああ――中央から警備を縮小しろという命令が正式に出たんですよ。今は所轄への引き継ぎに入っています」

「そうですか――神代警視は？」

と訊くと、彼は困ったような顔になり、

「そうなんです、警視が摑まらないんですよ。どこかへ行ってしまって――警視がいてくれないとできない作業が多いのに、それが滞《とどこお》っていまして――さっきちょっとだけ所轄の署に顔を出したんですが、そのときは〝今さら探偵小説の真似事か〟とか訳のわからないことを言っていて、すごく不機嫌で――」

警官の話は要領を得なかったが、それを聞いて奈緒瀬は、さらに嫌な感じを覚えてならなかった。

（まさか――またあのバカ兄貴が、なにか……？）

*

「さて、と――」

早見壬敦は駅から、陽射しの照りつける夏の路上に姿を見せた。

面倒なことは伊佐たちに任せたが、しかし彼の方もやらなければならないことが多少残っている。彼は駅前のバス停に並んで、車輌が来るのを待った。

彼の前には、スーツを着てブリーフケースを提げたセールスマンが一人、暑そうに汗を拭《ふ》きながらバスを待っていた。早見はのんびりとした口調でその人に、

「どうも、暑いですねえ」

と話しかけた。相手は、

「は？　はあ――まあ」

と戸惑ったように、曖昧な返答を返した。

バス停は時間帯と、そして夏休みという状況のせいか、周辺には他の客はいない。

「いや、まいりますよね。暑いからって仕事をしなくてもいいってことにゃなりませんしねえ」

早見は話しかけ続ける。

「ま、まあ――そうですね」

セールスマンは、掛けている眼鏡に汗が垂れ落ちてくるようで、さかんにそれを拭き取っている。

「眼鏡――取ったらどうですか？」

早見は相手に視線を向けないで、適当な調子で言う。

「まあ、慣れてますから」

セールスマンはややつっけんどんな口調である。迷惑そうな様子だ。早見はそれにはお構いなしで話しかけ続ける。

「暑いのに慣れてるんですか。それともそういう過酷な中で仕事をするのに慣れている？」

「ええと――まあ、どっちもですけど」

「そういえば知ってますか。夏バテって言うのは、

あれは汗をかきすぎて、塩分が足りなくなるからだって思われがちですが、違うんだそうですね。足りなくなるのはむしろ糖分なんだそうで。なんでも身体の新陳代謝が盛んになって、糖分をどんどん消費しすぎてしまって、それが欠乏するから身体がだるくなるっていう――じゃあ甘いもんばっかり喰ってりゃいいのかと思いますけど、なかなか喉を通りませんよねえ。チョコなんかはベタベタになっちまうし」

どうでもいいようなウンチクをしたり顔で、だらだらと話しかける。

「そうですかね」

セールスマンは明らかに鬱陶しそうである。

「アイスばっかりだと、今度は腹を壊すしねえ――でも、汗ってのはなかなか、抑《おさ》えることができないもんですよね」

「ええ。まあ――」

「暑いだけじゃなくて、冷汗もそうですよね。ビビっているときは、どうしても滲《にじ》み出てしまうもんだ――ねえ、礎河《そが》さん？」

早見は、実にさりげない口調でその名を呼んだ。

その瞬間、セールスマンの身体が、ぎしっ、と強《こわ》張《ば》った。

「…………」

「眼鏡を掛けていても、もう意味ないと思いますから、取ったらどうですかね――もう、こっちに面は割れちゃいましたよ」

早見は、相手の方を見ないで、淡々とした調子を崩さない。

バス停の周囲には、やっぱり人は来ない。

陽射しが二人の上から、じりじりと照りつけている。

「――なんで……」

始末屋のソガは、もうセールスマンの偽装をやめて、ぼそぼそとした喋り方に戻って訊いた。

「……なんで、わかった……？」

「いや、全然わかんなかった」

早見は静かに言う。

「ただ、あんたがそこに立っているのを見つけて、怪しいかなと思って話しかけてみただけだ。やっぱり、まだこの近くにいたんだな」

「…………」

その言葉をそのまま信じられるほど、ソガは甘い世界には生きてこなかった。警察機構を遥かに凌《しの》ぐと言われている東澱の裏情報ネットワークが、ソガの背景から依頼主に至るまで、すべて割り出してしまっていると考えるしかない。

おそらく――もう依頼主は報復を受けて、さらに彼のことを売ってしまったに違いない。

「さて――あんたにはひとつだけ、どうしても確認しなきゃならないことがあったんだよ、なあ礎河さん――」

早見は、いつもの彼のように、誰にでもちょっと馴れ馴れしい感じで気さくに話しかける、あの調子を崩さない。たとえ相手が自分を殺そうと付け狙っている始末屋であっても、それを変えない。

（こいつは――）

ソガは、ここでやっと――彼の依頼主がこいつを消したがったのは東澱の次男坊だからではなく――こいつ自身に脅威を感じていたからではないかということに思い至った。それだけの迫力が、今やこの男から感じられていた。

「あんたは、あくまでも標的として俺を狙っていたのか。俺だけを？」

早見は静かな口調で訊いてきた。

「……そうだ」

「杜名賀家の人たちには、まったく危害を加える気はなかったのか？　たとえば――明彦のぼうずを巻き添えにして、殺しても構わないって思っていたか？」

それは質問のようでいて、その実はそうではないことが、口調からソガにはわかった。もうこいつは答えを推理して知っているのだ。

「――子供が生きていなかったら、あんたがかばって死んだということにできないだろう。それに子供が死ぬと、後の追及がさらに過酷になる――杜名賀も本格的に敵に回すことになりかねない。しかしあんただけが死んでいたら――」

「ああ、俺はちょっとしたヒーローになっていたかもな。我が身を捨てて子供を土砂崩れから救った勇気ある男ってところか？　それも悪くなかったかもな――しかし皮肉だな」

早見は少し遠い眼をして、空を見上げた。

「あんたと、二十年前の殺人鬼の青柳と――本人たちは全然意識してないところで、妙に似ているんだからな――」

「何だと？　何の話だ？」

ソガはぎょっとして、思わず早見の方を見てしまった。

「逆説だよ、逆説――論理が裏返しになっているんだ。あんたは東澱の追及を逃れるため偽装しようとしてそうなったが、青柳は――やっこさんはどう思っていたんだろうな」

早見は、淡々とした口調を崩さない――。

3

「千条――説明はおまえがやってくれないか」

伊佐は、杜名賀家に出向く前に相棒にそう言った。

千条はちょっと不思議そうな顔になり、

「しかし早見壬敦の口振りだと、君にやって欲しいみたいな感じだったけど？　君ももう、彼の説明で状況の把握はできているんだろう？」

「……だから嫌なんだよ。こいつは他人の気持ちにずかずかと入り込む仕事だ。おまえ向きだ」

「ふうむ、そういうものかい」

「そうだ、それに――」

伊佐は言いかけて、しかし言葉を切った。もしも千条の説明に誰かが激昂して摑みかかっていくようなことになったら、それを止める役を自分がやらなければなるまい、と思ったのであるが、その理由というのはつまり、

（もしも千条がそっちの役をやったら、こいつは——その相手の骨とか平気で折りかねないからな）

ということだったからだ。

「なんだい？」

「今は考慮の必要のないことだ」

「ふむ、そうか」

二人が話していると、そこに釘斗博士もやってきて、

「いやあ、面白いことになってきたな。私も証拠品を管理する役割として参加させてもらうことになったからな」

と愉快そうに言った。完全に遊び感覚である。

「博士——余計なことは言わないでくださいよ」

伊佐が渋い顔で注意すると、博士は笑って、

「なんなら私が解説役をやってやろうか？　大学院では一時、学士どもに定理外証明について教えていたこともあるからうまいもんだぞ」

とさらにふざけたことを言い出す。伊佐はため息をついて、あきらめた。

（どいつもこいつも——）

彼が腐っていると、神代警視の部下がやってきて、準備ができたから来てくださいと言われる。

「わかりました」

千条は特に、これからやろうとすることに何の気負いも見せることなく、普通に立ち上がった。

＊

「——何の話なんだ？　脅迫事件なら、もう決着がついたのだろう？」

杜名賀礼治は不愉快そうな顔で、警官にではなく

婿養子の宗佑に文句を言ってきた。

「私もよく知りませんよ。とにかく警視が、杜名賀家の人は集まってくれというんですから」

「怪《け》しからん。実に怪しからん。無礼だ」

礼治は老人の繰り言で、いったん口にした文句がなかなか収まらない。

「あの、あなた――明彦は」

宗佑の妻である孝子がおずおずと訊くと、宗佑はうむとうなずいて、

「もちろん外に出しておけ。どうも良からぬ話をされるようだしな――麻由美はどうした」

「今、明彦を子供部屋に連れていきましたけど――あの子も呼びますか」

「……む」

宗佑は少し迷った。しかしすぐに、

「話があるということは知っているんだろう。本人の自由にさせよう」

と言った。孝子もうなずいた。


「……ねえ、明彦」

麻由美は、自分の息子に話しかけた。

「あなたは――大丈夫？」

急に訊かれたので、明彦はびっくりした顔になったが、すぐに、

「――うん、平気」

とあっさりとした口調で言った。

何を訊かれたのかわかっているのか、と麻由美は思ったが、しかし同時に、では自分は何を訊きたかったのか、と言われても明確な意志がないことに気づいて、やや落ち着かない気持ちになった。

警察から、なにやら話があるという。

しかし彼女は、それはほんとうは警察の話ではないのではないか、と察していた。

〝素材を揃えるだけ。答えは頼んだ人に自分で出してもらうのが、探偵の仕事〟

あの変わった男は、彼女にもそう言っていた。素

材が揃えば——関係者は探偵にそれ以上頼れずに、みずから答えを出さなければならない。

「…………」

彼女はしばし幼い息子の姿を見つめていたが、やがて意を決したように、

「ねえ明彦、お母さんやおばあちゃんたちは、ちょっと大切なお話をしなきゃならないから、一階の応接間には来ちゃ駄目よ」

と言った。明彦は素直に、こくん、とうなずいた。

*

「さて——皆さんにここに集まっていただいたのは他でもありません」

千条雅人は、そのただでさえ表情に乏しい顔を薄暗い部屋に揃った一同に向けた。

「二十年前に起きたあの忌まわしい事件、杜名賀朋美さん殺害事件の真相を、今こそ解き明かすためにです」

もっともらしく言って、うなずいた。

「あー、一応断っておくが」

千条の隣に立っている神代が口を挟んできた。彼以外に、この応接間には警察官はいない。警視の権限で下がらせたのである。話をできる限り外に漏らさないように、という配慮だった。

「あの事件そのものは迷宮入りにもなっていないし、判決も下っているということは忘れないように。皆さんもよろしいですね」

えへんえへん、とわざとらしく咳払いをした。しかしそこで千条は大して間を置かずに、

「——しかし、皆さんの心の中にはわだかまりもあるだろう。そういう訳で今回は特例ということで、この場を用意しました」

と言葉を続けたので、なんだか神代の印象が軽いものになってしまった。しかし千条はそんなことに

は当然おかまいなしで、

「さて――皆さんは〝猿の手〟という物語をご存じでしょうか？」

と唐突に、かつ無遠慮に言った。あの証拠品のことを考えれば、ずいぶんとストレートな表現である。

「――!?」

横の神代が澄ましたインテリの顔を思わず崩して、ぎょっとした顔になった。しかし、宗佑や孝子といった杜名賀家の人々は、何のことだかわからないのできょとんとしている。

千条は静かな口調で話を続ける。

「これは怪奇小説の古典でW・W・ジェイコブズという作家の作品なのですが、大変に暗示的です。三つの願いを叶えてくれるという不思議な物体〝猿の手〟はしかし、その願いと等価の運命を要求する、という――軽い気持ちから発しただけの願いでも、それがどんな意味を持つのか、その残酷な事実を願い手に突きつけるのです」

気味の悪い話を、完全な無表情で言うので、本人が不気味である。その様子に、部屋の隅の方で全体を見通している伊佐は、ひそかにため息を洩らした。

(馬鹿馬鹿しい――)

そうとしか思えない。こんな役割を自分たちに振った早見のことが少し恨めしくなる。

横では釘斗博士が、ふんふん、とうなずきながら千条のことを観察している。きっと頭の中では色々と反応係数はどれくらいとか計算しているのだろう。

その当の千条にはまったく、無駄なことに時間を使っていることの焦りみたいな気配はなく、淡々と話を続けている。

「今回の事件には、その物語と似たような構造があります。何かを望んだ結果、非常にいびつなものが顕《あらわ》れてしまうのです」

「君は――さっきから何が言いたいんだね？」

辛抱《しんぼう》できなくなって、遂に宗佑が話の腰を折って訊ねてきた。

「どうも言わんとしていることが摑めないのだが」

もっともなことを言われたが、千条はそれには一切構わず、

「さて――釘斗博士？」

と、証拠品を管理している人物を呼びだした。

博士は、のっそり、という感じで身を起こしつつ、伊佐の方をちらと見て、にやりと笑った。

「そう仏頂面をするな――ロボット探偵の見せ場だぞ？」

彼にだけ聞こえる声で、嫌味っぽく囁いてきた。

「…………」

伊佐の顔がますます厳しくなる。

釘斗博士はすぐに真顔に戻った。そして皆が注視する中で、ひとつの荷物を出してきて、それを見えやすいようにテーブルに置いた。

大きさは、二リットルのペットボトルほどの物で、それが銀紙に包まれている。

「なんだね、それは？」

宗佑が訊いてきたが、博士は答えない。代わりに千条がまた話し出す。

「それがいつ、どこで発見されたか、ということについては後ほど説明します。とにかく、それは偽物でも何でもなく、この件に関しての核心を成すものです。博士、開封をお願いします」

釘斗博士はうなずいて、淡々とその銀紙の包みを解いて、中に入っていたプラスチックの箱に施された封を外していく。何重にも密閉されていて、外気が触れないように厳重に保管されていた。

杜名賀家の人々は固唾を吞んで、箱の蓋が開けられるのを見守る。

枯れ木のような、茶色のカサカサとした棒状の物が箱の中から出てきた。その片方の先端が、ボール状に丸まっている。

「……なんだ、そのゴミみたいなものは?」

宗佑が、事の異様さに今一つ気づけずに呆れたような口調で訊いてきたが、これに釘斗博士は何の容赦もなく、

「死後二十年が経過した、成人女性の右腕だ」

と普通の声で、普通に言った。

「……え?」

宗佑がぽかんとしているところに、博士はさらに、

「肘部から分断されている。血液や体液は切断時にほとんどが流れ出たために水分が抜けるのが早く、腐敗現象からは免れたようだ。骨部には損傷もなく、小動物が齧ったような痕もないことから、参照するものさえ充分なら、身元の確認は容易な部類に入るな」

誇張も隠し事もない、淡々とした口調である。

「…………」

無言だった皆の中でひとり、それまで黙っていた孝子が、

「ま、まさか……それじゃあ、それは……」

と震える声を出した。

「お、おばあちゃんの……?」

その言葉に、千条がうなずいて、

「そうです。あなたの母親で、そちらの麻由美さんの祖母にあたる杜名賀朋美さんのご遺体の、一部です」

と、およそ感情というものの欠落した声で言った。

「…………」

言われた麻由美は、茫然としていて、そのミイラ状になった手を焦点の合わない眼で見つめている。

(ああ——やっぱり)

彼女は、心の中でため息をついていた。

素材は揃っているようだった。

ならば彼女も、その答えを出さなければならないのだろう——。

——がたっ、
という音が、静まり返っていた部屋に響いた。

思わず座っていた席を蹴って、立ち上がってしまっていたのはその死んだ朋美の夫で、この家の旧家長であった老人、礼治だった。

老人は、ううう、と呻いている。

「そ、そんな馬鹿な……なんで……今さら？」

彼の苦悶を殊更に無視するように、千条が冷ややかに、

「さて、皆さんも既におわかりだと思いますが——この腕は」

千条の顔つきに、やや変化が生じ始めていることに気づいた者は、その時点では伊佐と、釘斗博士だけだった。

彼の、その無表情な眼つきはそのままだったが、顔色がやや蒼白になってきていた。顔面という、人とコミュニケーションを取る際に最も活用される箇所の筋肉に、血液がほとんど循環されなくなってきていた。その分はすべて、思考し推理し、決定する脳の方に回されるようになりつつあった。

「その手は、何かを摑んでいる」

言うように、ミイラのボール状にくっついている部分というのは、握りしめた手が一体化してしまっているからだと見て取れた。

「そこに何を握っているのか、自らの死を目前にした彼女が、その生命が絶える寸前まで離そうとしなかったものがなんなのか——それがこの事件の鍵を握っている——博士」

千条に指示されると、釘斗博士は無言で、事前の打ち合わせ通りにそのミイラの握りしめられた手に、その指の形に添って慎重に左手に持ったメスを入れ始めた。そして同時に右手に持つピンセットで、その指をじわじわと開いていく。ミイラを崩さないようにその手を開かせるのは極めてデリケートな作業なので、博士ぐらいの繊細な指先を持った人間でないと不可能な仕事だった。

作業は、びっくりするぐらいにすぐに終わった。

中指と薬指にあたる部分だけが綺麗《きれい》に開けられて、その中から小さな石ころのような物が出てきた。

「……う、うう……」

それを見て、礼治翁の蒼白だった顔色が、今度は真っ赤になってきた。

老人の身体が、ぶるぶると震え出す。

「これは――女性用のブローチだな。宝石が塡《はま》っている」

釘斗博士はそれをピンセットで拾い上げた。

「どうやら特別な注文品のようだから、おそらく出所は割り出せるだろう。誰が買って、誰に贈ったとか――」

「それに見覚えがありますよね、杜名賀礼治さん」

千条が、老人に向かって問いかけた。

「それを買ったのはあなたでしょう」

「え？」

宗佑と孝子が驚いて、老人の方を見た。

立ち上がっていた礼治は、がくがくと震える足が体重を支えきれなくなり、再び椅子にへたりこんだ。

「……あんなことになるとは、思わなかったのだ――」

弱々しい声で呟いた。

「ち、ちょっと待て――何の話なんだ？　いったい何を言っている？」

宗佑は狼狽《ろうばい》して、思わず大きな声を上げてしまった。

「すべては論理的な帰結なのです。最初からこの事件のパズルはどこかがズレていて、重要なピースのひとつが欠けていたために、みんながみんな、隠されていた欺瞞《ぎまん》に気がつかなかったのです」

千条は変わらぬ平静さで話を続ける。

「礼治さん、あなたの古い知り合いが、そのことを証言してくれています――おわかりですね？」

「……東澱、久既雄──あいつか……」

礼治は弱々しく、かつて実業界で争い、そして遂に勝てなかった相手の名を口にした。

「ヤツなら、確かに……知っていただろう」

「お、お父さん──」

孝子が不安げに声を上げげた。しかしここで神代警視が咳払いをして、

「何か──変な方向に話が進んでいるようだが、最初に断ったように事件そのものは解決しているのです。礼治さんが罪を犯していたという訳ではないので、皆さん落ち着くように」

と、ややうんざりしたような声を出して、張りつめた場の緊迫を薄めようとした。だが千条は容赦なく、

「罪とは、法律だけで決められるわけではないのです。本人がそれを罪だと思えば、十字架を背負うことになるのです」

と言い放った。

伊佐はそれを聞いていて、

(少し、やり過ぎだな──)

と眉をひそめ、そして前に出るために身を起こした。

＊

その東澱久既雄の〝証言〟というのは無論、早見壬敦が三日前に彼の祖父に会いに行って、取ってきたものである。

忙しい──というよりも、誰にも明確に現在所在地を掴ませないことで知られている東澱久既雄に会う簡単な方法を、壬敦は知っていた。

自分から会いに行くことが極めて難しい老人に会う方法はたったひとつ──向こうから〝会いたい〟と思わせて、その網の中に入ることしかない。

壬敦は、かつてのツテを使って、祖父が支配下に置いているビルのひとつの、その最も警備が厳重な

場所に、全然別の人物に会うためと称して出向いた。ビルのオーナーに面会したいといってアポイントメントを取ったはずだったのに、一階の受付で指定された場所に赴《おもむ》いた彼を待っていたのは、二年ぶりに顔を見る東澱久既雄その人であった。

「よう、久既雄じいちゃん。久しぶり。元気そうだな」

彼は驚きもせずに、素直に挨拶した。

老人は、ふん、とかすかに鼻を鳴らして、それからニヤリと笑った。

「おまえは少し痩せたな――ろくな物を喰っておらんのではないか？」

「生活が厳しくて。なにしろ零細《れいさい》企業なもんでね」

「それでも儂《わし》の若い頃に比べたら、ずいぶんと血色がいいな。苦労知らずで羨《うらや》ましい限りだ」

久既雄は笑いを消さない。戸籍上はもう縁戚関係にはない相手に対して、親愛の眼差しを少しも薄めていなかった。

「じいちゃんの苦労話はどうでもいいよ――最後はどうせ、ばあちゃんが如何にいい女だったかという自慢になるんだから」

「おまえは若い頃の蒔絵を知らないから、そんなことが言えるんだ――まあ、おまえも儂ぐらいの歳になれば、おまえの知っている婆さんだった頃の蒔絵の美しさも理解できるようにはなるだろうがな」

久既雄は、しみじみとうなずいた。そこには砕《くだ》けた優しさはあっても、冗談めかした響きはない。本気なのである。

「だが、そういうことが理解できない奴もいる。自分が持っていたものがどんなに価値があるものだったのか、失ってから初めて気がつく輩《やから》だ。そう――杜名賀礼治も、そういう手合いだったな」

久既雄は壬敦に言われる前に、自分からその名を口にしていた。ここは彼のテリトリーであり、ここで話されることはすべて、久既雄のイニシアティブにのみ従うのだった。

「――ま、知ってるわな。奈緒瀬が来てんだから」

壬敦も、相手の手の内で踊らされているような状態をそのまま受け入れて、平然としている。

「てことは、俺が何を疑問に思っているのか、その答えも知ってるんじゃねーのか？」

「おまえの疑問など知らん」

久既雄は素っ気なく言った。

「だが、表沙汰になっていない話の方ならば、思い当たる節《ふし》がないでもない」

「そいつはつまり――昔の杜名賀家で何が起きていたのか、って話か？」

「おまえが欲しいのは単なる確認だろう――その裏付けがいるだけだ。違うか？　おまえはいつだって、自分が理解できたことでも、それを確実にするまでは手を出さないんだからな。だからノロマに見える」

勿体《もったい》を付けるようにして、久既雄は話を逸らした。壬敦は苦笑して、

「説教はいいよ。俺は人の話を聞くことにかけて天才的な時雄兄貴や、教師に言われる前に出されるはずの宿題を先にやっとかないと気が済まない奈緒瀬のような負けず嫌いじゃねーんだから」

と首を左右に振った。

「――――」

久既雄はそんな壬敦を少しの間じっ、と見つめた。そして囁くように言う。

「――〝東澱〟というものは、儂ではなく蒔絵が創ったものだ。だから儂は、正直なところその存続には興味があまりない」

む、と壬敦の顔が真面目なものになる。しかし久既雄の方は変わらず、薄い笑みを浮かべたままで、

「儂の後、財は時雄が、力は奈緒瀬が継ぐことになるのだろう。少なくとも、あの二人の間ではそういう風におさめようとしているようだな。そしておまえは――」

と言って、そのまま微笑んでいる。その先を言わ

ない。

壬敦は少しイライラして、

「だから、俺は何にもいらねーっつーか、その度量がないっつーか。好き勝手にやりたいから、籍を抜いたんだよ」

と口を尖らせつつぼやいた。

「…………」

そんな壬敦を、久既雄は愉快そうに見つめている。

この場所に奈緒瀬がいたら、祖父を敬愛してやまない孫娘がいたら、きっと彼女は嫉妬に駆られて不機嫌になっていただろう。彼女に対して祖父は、絶対にそんな風に、見ているだけで楽しいというような視線を向けてはくれないからだ。

まるで昔の、のびのびと何にも遠慮しなかった頃の自分のようだ、というかの如《ごと》き優しい眼差しを――。

財は兄が、力は妹が、そしてその自由な意志は、名を継ぐことのない次男が――しかしその言葉だけは決して誰にも、本人に向かってさえも言われることはない。

やがて久既雄は静かな口調で、

「杜名賀礼治にはかつて、愛人がいた。それも商売敵《がたき》から奪うようにして自分の妾にした女が、だ」

と唐突に言った。

壬敦の目つきにも真剣な光が浮かんだ。

「すると、そいつが――?」

「おまえが思っている通りだ。二十年前の事件でも、名前だけが残っていて、誰にも重要視されなかったその女は、剣崎峯子とかいう名前だった」

「――やっぱり、そうなのか」

青柳栄介という男の陰に隠れて、単に事件に巻き込まれただけの情婦扱いで終わっていた、その女性――。

＊

「事件を最初から、もう一度整理してみましょう」

千条雅人は杜名賀家の人々を見回しながら、冷たい口調で言った。

「事の起こりは、青柳栄介がかねてより恨みのあった別の金貸し一家を虐殺したところから始まった——ということになっています。借金の取り立てや何やらで確執が深まっていたためだと——そして大量殺人を犯した青柳は歯止めが利かなくなり、そのとばっちりで杜名賀家の方にも矛先《ほこさき》が向けられたのだ、という」

「そ、その通りだろう。あらゆる証拠がそれを裏付けている。青柳の指紋も、目撃情報もあるんだから」

宗佑が焦ったように言ったが、千条はあっさりと、

「間違っているとは言っていません。しかしこの説明は不充分であるのは否定できません。なるほど、青柳栄介は確かにかつては杜名賀の商売敵であり、彼の会社が乗っ取られたのも事実でありましょう。しかし彼はその後も放蕩《ほうとう》の生活を過ごし、そのため金を使い込んで借金まみれになっていくのですから——その彼が、果たして杜名賀に対してそこまでの恨みを維持し続けていたのか？　しかも乗っ取りの際には、彼の手元には杜名賀が株を買い取った金さえ残されていたのに？」

「か、金など——使ってしまえばなくなる。だが気持ちはそう簡単には消えないだろう」

「青柳が金貸し一家を惨殺したのは、分別をなくした結果です。こっちの方は数々の証拠が裏付けているように、疑問の余地はない。そして凶行に及んだ彼は、次に杜名賀を襲うことを思いつき、はるばる都会から離れたこの地まで危険を冒《おか》してやってきて、そして朋美さんを山に連れ込んだところで、殺

した——しかも彼は、嫌がる自分の情婦を引き連れていて、彼女も青柳に刺し殺されている。皆殺しだ。最後は朋美さんの首を持ち歩いているところを警官に発見されて、射殺された。——彼女の遺体はバラバラな形で発見されて、いくつかは発見されないままに終わっていたのが、こうして——二十年後になって右腕が出てきたという」

千条は釘斗博士の前に置かれたミイラの腕に眼をやった。

「ずいぶんと乱暴な話ですよね？」

「だ、だから乱暴で凶悪な犯人が」

「乱暴だというのは、途中の説明です。結果だけ見れば、疑問の余地がないほどに話は終わっているけれど、その過程ではいくつもの無理がある。青柳は冷静さを失っていたはずなのに、彼の情婦は彼に長い距離を引きずり回されていたのに、しかも青柳はそのとき、既に警察によってマークされていたのに、その禿猿山に着くまで、どうして——女は逃げなかったんでしょう。隙などいくらでもあったはずです」

「そ、それは——女がなんだかんだ言っても、青柳に惚れていたから、とか」

「まあ、そこまではいいとしましょう。しかしその後で、杜名賀朋美さんは禿猿山まで連れてこられてから、そこで殺害されている——これは後に現場検証で明らかになっていますから、反論の余地はない。彼は、女を連れ回していて、さらにその上で朋美さんまで連行できたのですか？　どういう風に？　さらに言うならば、いったいなんのために？　杜名賀家はもう眼と鼻の先だ。家に押し掛けて、金貸しに対してやったように皆殺しにすればいいのに、どうしてわざわざ朋美さんだけを狙い撃ちにしたのでしょう？」

次々と畳みかけるように言われて、さすがに宗佑も押し黙る。そこに千条は遠慮なく言葉を重ねる。

「これらの混乱は、すべて当日は激しい嵐だったたからだという混乱と、あまりにも歴然とし過ぎている結果の前に曖昧にされていたのです。そして情報も伏せられていた。警察の捜査ではおそらく簡単に判明していたでしょうが、もう意味はないとして握りつぶされていた事実——青柳の情婦であった剣崎峯子は、かつては杜名賀礼治の妾であったという事実が」

はっきりと言われて、礼治は身体をすくめ、宗佑と孝子はぎくりとして老人の方を見た。いつも不機嫌そうに怒鳴り散らしている旧家長の威厳は、今の礼治からは感じられなかった。否定はない。そして千条も反論が出るのを待たずに、

「一度は青柳から奪うようにして自分のものにした女だったが、やがて捨てた。女はその後、青柳とよりを戻した。成功から見捨てられた者同士、何か感じ合うものがあったのかも知れませんが、それこそ人の心の話ですから、その辺の事情は第三者には窺い知れないことでしょう」

と話を進めてしまう。そう、いよいよ彼が言おうとしていることの核心に迫ってきているのだった。

「ここで、ひとつの仮説が生じます——そう、青柳は剣崎峯子を連れてきたのではなく、杜名賀に恨みを持っていた彼女の方こそが、彼を連れてきたのではなかったのか、と。そして彼女には、明らかな憎悪の対象がいた。そう、正妻の朋美さんです」

なまじ一本調子で、抑揚《よくよう》というものがない千条の話し方は、それ故にその場を凍りつかせるような容赦の無さがあった。

「朋美さんを殺そうとしていたのは、剣崎峯子の方だった。青柳はそれを手伝うために連れてこられた——この方が話に無理がなくなる」

「…………」

宗佑は絶句して、縮こまってしまった養父をぼんやりと見つめるだけだ。婿養子である彼は、確かに養父の妾のことまでは知らなかった。だがここで、礼治の実娘である孝子が、

「で――でもお母さんは、妾のことを知っていました」

とロを挟んできた。一同が彼女の方を見る。

孝子は何度もうなずいて、

「ええ、そうです――知っていましたから、そんな簡単に連れ出されたりはしなかったはずです。その剣崎という方のことを私は知りません。知りませんけど、でも――」

と繰り返した。千条はこれに、

「なるほど、そうでしたか――これでますます、論理はひとつの結論に導かれていくようですね。今の発言は明らかに、この事件におけるひとつの欠落を表しています。それらがつながる先は、何か――」

と千条が、周囲の雰囲気などお構いなしで一気に結論を提示してしまおうとした、そのとき――伊佐が割り込んだ。

「もういいだろう、千条――話は通じた」

それまで後ろに控えていた彼はずいい、と前に出てきた。

「伊佐？　しかし――」

「そうだろう、後は自分の口から言ってもらえばいいはずだ。なあ――杜名賀麻由美さん」

伊佐は、そう言って彼女の方を向いた。

「…………」

事件当時はまだ小さな子供だった麻由美は、その祖母によく似ている顔を少し伏せたかと思うと、次の瞬間、きっ、と前を向いて、

「わかりました。お話ししましょう」

とはっきりした口調で言った。

「私も、そのとき――そこにいました」

CUT/8.

何も見えなかった――そんな夜も終わって
――みなもと雫〈ヘルプレス・サマー〉

1

じりじりとした陽射しが、バス停の前にいる二人の男を責め苛《さいな》んでいる。

「…………」

ソガは、相変わらず体温上昇による発汗と、戦慄から来る冷汗が混じった、ひどく不快な苦い汗で全身をぐしょぐしょに濡らしていた。水の中に飛び込んだような状態だった。

そして早見壬敦の方は、

「――ってな訳だ。二十年前の事件の、裏の話は」

と言って、流れる汗を周到にも用意しておいたタオルで拭きながら、手にしているバッグを開けて、中から水筒を出した。

その水筒を見て、ソガは眉をひそめた。それに見覚えがあったからだ。

（たしか――あの明彦少年が提げていた、あの水筒だ）

大人用の物なので、早見の手の中にある方が自然だ。彼はその蓋を開けて、中に詰めてあったアイソトニック飲料をごくごくと飲み干した。

「ああ、そうだ――ちょっと借りてるんだ。これから返しに行こうと思っている」

早見は水筒を再びしまい込んで、ソガに向き直る。

「――で、あんたの好奇心の方は満たしてやったところで、本題に入りたいんだがな。なあ礎河さん、あんたは」

早見はあくまでもとぼけた表情を崩さないで言った。

「まだ、俺を殺す気でいるのかな？」

「…………」

ソガは返答に困って、無言のままだった。今の自分の状況を理解されるとは、とても思えなかった。始末屋であった彼がもう、誰も殺すことができなくなったのだ、ということなど――この世の誰であっても信じるはずがない。

彼は横目で、早見壬敦の方を見ていた。こいつが東澱の一族に共通する〝敵に対する容赦のなさ〟を受け継いでいるのならば、今、ソガは既に複数の狙撃者にぴったりと狙われているだろう。それだけの仕掛けをしてから、こうして接触してきたと考えるのが自然である。ソガの手が懐《ふところ》に入って、凶器を摑んで、それを取り出す前に――ソガの脳味噌は頭《ず》蓋骨《がいこつ》から外にぶちまけられることになるはずだった。

（しかし――）

ソガには、そのいないはずがない狙撃者の気配を感じられなかった。そいつがいるであろう場所は限られているが、そのどこにもそれらしき影はない。

（どういうことだ――？）

ソガが焦っていると、早見はふいに、空を見上げるような動作をした。ソガも釣られて、一瞬だけその何もない夏の空に眼をやり、そして戻したとき――早見が彼を真正面から見つめていた。

ぎくりとした。

なんだか、相手だけが彼の知らない長い時間を過ごしてきて、そして戻ってきたような気がした。ソガにとっては一瞬でも、相手は何分も何時間も過ごしてしまった後のような、そんな感触が――。

「…………」

彼が茫然としていると、早見は静かに言った。

「――あんまり簡単に、人に物をやるもんじゃないのかな？」

「……え？」

とっさには何を言われているのか理解できず、唖然としてしまっている彼に、早見はさらに、

「――たとえ〝もらってもいいかな〟って断られても、そうそうくれてやっちゃいかんのだろうな。うん。その後でどうなるかわかったものじゃないしな」

と言った。

ソガは、目の前の男をまじまじと見つめた。

その言葉は——あれ以来、彼の心の中でずっと響き続けている言葉だ。あのライフルスコープを〝銀色〟に盗《と》られるときに囁かれた、その言葉を——今も耳の奥にこびりついて離れないその声を、こいつは何で知っているのだろう？

どこで聞いたのだろう？

彼が——他の人間がどこにもいない、別の時間の流れの中で、こいつはそれを聞いたのだろうか？

明らかな恐怖が、ソガの眼に浮かんでいるのを見て、早見はうなずいた。

「ああ——そうだ。わかっちまうんだよ、俺には、な——」

「…………」

「なあ礎河さんよ。あんたはこれからどうするんだ」

その問いかけは、実に淡々としていて、まるで喫茶店に入って〝おまえはコーヒーにするか、紅茶にするか〟と友人に訊いているような、そんな調子であった。

「……俺に」

ソガの喉から震える声が漏れだした。喉がからからで、声はどうしようもないほどに嗄《しわが》れている。

「俺に——選ぶことなどできるのか……？」

何人もの人間を殺してきた彼は、誰に殺されても文句の言えない立場にいるはずだった。そして横に立っているこの男は、正にその資格も能力も充分にある存在の、その代表なのだった。

「選ぶ、ねえ——」

早見はまた空の方に眼を向ける。

「じゃあ訊くが、あんたは今まで、これこそが正しいとか思って、そうやって生きて来れたのか？」

「え？」

「いや——たとえば、よ。あんたはちょっと前に、俺をどうこうするように依頼されたときに、課長さんをひとり助けているだろう」

「………」

「まあ、彼を助けるつもりは毛頭なくて、自分のためだって思っているだろうが、現にそのおかげであの人はまだ生きているし、こっちも処分する理由がないみたいな感じだから、彼の家族は課長さんがそんなことになっているとも知らずに、今日もお父さんは仕事ばかりだねとか、そういう呑気なことを言っていられる訳だ」

「………」

「で、明彦の件についても、実は俺に会う前に消してしまっておいてもさして影響はなかっただろう。東澱と杜名賀の対立を生むような方向に持っていくこともできたはずだ。だがあんたはそれをしなかった」

「………」

「殺し屋の癖に、なんだかずいぶんと回り道をしているみたいじゃないか。まあ、仕事はきちんと果たしてきたんだろうが――それはあくまでも、そういう世界にいたから、じゃないのか？」

「………」

「殺《や》らなければ殺られる、それがあんたの生きてきた世界の掟《おきて》だ。しかし――もう、あんたはそこにはいられないようだな」

「………」

ソガは、全身汗だくになりながら、早見の声を虚《うつ》ろに聴いていた。

するとと彼の前に早見は、すっ、と何かを差し出してきた。

それはさっきの水筒だった。

ぼんやりと、早見を見上げる。探偵はうなずいた。

「あんた、返事もできないほど喉が渇いているみたいじゃないか。少し呑んで、喉を潤《うるお》せ」

言われて、逆らう気が起きなかった。ソガは素直にそれを受け取って、そしてごくごくと飲む。飲みだしたら止まらなくなった。まるで母親の乳房に食らいつく赤ん坊のように、ソガは貪婪《どんらん》にその液体を身体に流し込んでいく。

やがて、ぷはっ、と口を離した。やっと人心地《ひとごこち》ついたような顔になっていた。

「ど、どうして――」

ソガの曖昧な問いかけに、早見はうなずいた。

「勘違いしてるみたいだが、こっちにはあんたをどうにかする気はないんだよ。あんたさあ、俺を引き込むために何にも知らない大学教授を利用しただろ？　あの人は俺にとっては結構、大切な人の一人なんで、余計なことに巻き込みたくないんだよな。あんたがこの世からいなくなったら、その分の危険があっちにも及びかねない。だからあんたには今んとこ生きていてもらいたいんだよ」

「…………」

ソガは、早見のまっすぐな視線を受けとめていたが、やがて顔を伏せた。

そしてまた、すがりつくように水筒を摑んで、ごくごくと飲み始めた。

その様子を早見は薄く笑いながら見ていたが、そのときバスがやってきた。

「おっと、いけねえ」

早見は急いでバス停の搭乗口の方に向かった。

バスに乗り込み、そして乗車料金を払っていると、

「あ、あの――」

とソガがおぼろげな声を外から掛けてきた。早見はうなずいて、

「まあ――その気があるんならこの後は、俺の仕事の方でも手伝ってくれや。探偵助手に興味はないか？　とにかく連絡してこいよ」

と言ってからバスの運転手の方を見て、

「ああ、あの人は乗りませんから。どうぞ出して下さい」

と言うと、バスはそのまま発車していった。

「…………」

後に残されたソガは、手元に残っている水筒に眼を落とした。

それをぎゅっ、と握りしめる。

そしてふと、今すぐに自分がこの水筒を奪われたらどうしようか、と思い、そんなことは絶対に許せない、という強い気持ちが湧き上がってきて、どうしようもなくなった。そう、たとえ生命と引き替えにしたとしても——と。

＊

バスはやがて住宅地の停留所に到着し、早見はそこで降車した。

勝手知ったる道を歩いていって、すぐに彼は杜名賀家に到着した。玄関の前には警備の警官が立っていた。前にも見たことがある人だったが、こっちが東澱関係者とは知らないようだった。

「ああ、どうも」

彼は挨拶して、そして懐から一通の封筒を取り出して、

「これをですね、その——」

と言いかけたところで、玄関が開いて、ぱたぱたと中から駆け出してくる小さな姿があった。

明彦だった。

「——おっさん！」

早見が来る姿を、上の階の窓から見つけていたのだろう。

「おう、元気そうで良かった」

早見も笑顔を返した。

屋敷の外に出る訳には行かないので、二人は庭の方に移動した。

「大丈夫だったようで、何よりだな」

「うん、じいちゃんは、おっさんが助けてくれたんだなって喜んでたよ」

「そりゃ良かった。恨まれてるかと思ってヒヤヒヤ

してたんだ」

早見が肩をすくめると、明彦はけらけらと笑った。

早見はそんな少年を安らいだ眼で見つめていたが、あ、と急に声を上げた。

「しまった——おまえに返すつもりだったんだ、あの水筒」

ぺしゃり、と額を叩くと、明彦は彼の顔を見上げながら、

「ううん、もういいよ」

と言った。

「あれは、おっさんにやるよ」

「しかし、大事な物じゃないのか？」

「うん——」

明彦は少しうつむいて、すぐに視線を戻してから、言う。

「前にさ——まだパパとママが喧嘩ばかりになる前に、アレを持ってピクニックに行ったんだ」

少年の眼は遠いものを見つめるそれになっていた。

「山登りは苦しいだけで、あんまり楽しくなかった。でも登り終わったときに、あの水筒から水を飲んだら、喉がごくごくっ、って鳴ったんだ」

彼の顔には穏やかな微笑みがあった。

「ビックリしちゃったよ。喉が鳴ったりするなんてそれまで思ってなかったから——初めてだったんだ。驚いて、水筒を落として、でもすぐに拾って、また飲んで——今度はそんなにうまく鳴らなかったけど、喉が動いてるのがわかって、なんだかとっても面白くなっちゃって」

「ふむ——」

早見も、そんな少年と同じような顔でうなずく。

「で、噴き出しちゃって、むせちゃって。パパとママがあわてちゃって。〝急いで飲むからだ〟とか言われて怒られちゃった——うん、そんだけ」

二人は揃って、同じ夏の空をなんとなく見上げ

た。

「だから——もういいんだ」

「そうか」

「うん、そういや俺——おっさんになんか話すことがあって、それで山に行ったんだよ」

「ほう、なんだ」

「いや、それが」

明彦は少し困ったような顔になって、

「忘れちゃったよ、何言おうとしてたか」

と言ったので、早見も笑った。

「ま、そういうもんだな」

「そうだね」

夏の空はどこまでも高かったが、そこに少しばかり雲が流れ始めていた。

2

「……麻由美さん、あなた……？」

孝子が、前に出てきた我が娘の発言に呆然となるのにも構わず、その本人は、

「私は——その場所にいました。おばあちゃんが殺された、その山の場所に」

と告白した。

「な、なんだって……！」

父親の宗佑も、娘の発言に仰天している。しかし祖父の礼治だけは、無言でうつむいたままだ。

「そうでしょうね、そう考えると筋道が通るのです」

千条がうなずいた。そして念押しするように、

「あなたを連れ出したのは、剣崎峯子ですね？」

と訊いた。麻由美は首を横に振って、

「私は——正直、よく覚えていないと言うしかありません。ですが、女の人だったような気もします」

「ち、ちょっと待て——待ってくれ」

宗佑が、急に焦りだした。それはそのような経験をついこの前にも味わわされたため、その狼狽が戻

ってきてしまったのだった。

「つ、つまりそれは――麻由美、おまえも……誘拐されていたのか？　二十年前に？」

明彦が誘拐されたのではという騒ぎが起きたのはわずか三日前のことであり、そのショックから彼らはまだ立ち直り切れていないのだった。

「だから――よく覚えていないのよ、お父さん」

麻由美は申し訳なさそうに言った。

「しかし論理的な帰結としては、それ以上の解答があるとも思えません。確かに、金貸しを惨殺したところまでは青柳栄介の単独的犯行であると断定できますが、舞台がここ――禿猿山の近くまで来たときには、その主犯が入れ替わっているのです。礼治さんの、昔の妾である剣崎峯子に」

千条はさっきの推理解説めいた話を再開した。

「彼女が男に強引に連れ回されていたのではなく、むしろ剣崎峯子が青柳栄介を利用していたのです。殺人を犯し、もはや後は無しと自失状態にあった男を、剣崎峯子はこれを利用して積年の恨みを晴らそうとしていたのです。杜名賀家に対する恨みを。それは礼治さんのみならず、むしろ彼に付随する者に向けられたのは人間心理の不思議さとしか言いようがありませんが――」

と、本当に不思議そうな顔をして言った。かつての妾が、男本人よりも同じ女である本妻やその家の子供に対して恨みを募《つの》らせるというのは〝嫉妬〟というキーワードに照らし合わせればさほど異様ではない――だが千条にはその機微《きび》がまったく理解できないようだった。

「――いずれにせよ、剣崎峯子は当時幼かった杜名賀麻由美を連れ出すことに成功した。誘拐の目的は不明ですが、そのまますぐに殺人者である青柳を待たせていた禿猿山に連れ込んでいるところを見ると、そのまま殺害してしまおうと考えていたのではないでしょうか」

身も蓋もない言い方に、孝子と宗佑の顔にさらに

恐慌《きょうこう》が広がった。しかしもちろん千条はそんなことなど無視して、

「そしてそれを見つけた杜名賀朋美さんが、これを追いかけた――そうです。彼女は無理矢理に連れて行かれたのではなく、彼女もまた自分から山へと向かったのです。強引に女二人を一人の男が連れていったという論理の無理が、ここで消滅します。一人の少女がそこに介在していたという要素を加えるだけで、事件につきまとっていた不明瞭な面がなくなるのです」

と、まさしく計算式を解説するような調子で、ドロドロしていたはずの状況を突き放した言葉で述べる。

「しかし――おそらくそこで剣崎にとって計算外の事態が生じてしまったのでしょう。それは――」

「ええ――そうです」

麻由美が、千条の言葉を遮って自分からそのことを言った。

「男の人は、私を――殺しませんでした。そうしようとした女の人を、止めようとさえしたんです」

「それははっきりと記憶にあるんですか？」

「いいえ。全部がおぼろなんです。でも男の人が私に襲いかかってきたという感触は全然ありません。それで私は少し逃げ出して、その後――おばあちゃんに助けてもらったんです。でも」

「剣崎峯子に、逆に殺されてしまったのですね。そのときの印象は？」

「おい、千条――そんなことはいいだろう」

伊佐が出てきて、相棒を制止した。

「確かめてもしょうがないし、俺たちが訊いても意味はない」

言われて、千条は少しきょとんとした顔になった。どうして、と今にも言いそうな顔である。しかし伊佐は麻由美にうなずきかけて、

「我々に、このことをあなたに確かめてほしいと言った男は――そのときにこんなことも言っていた。

〝おばあさんに助けてもらったという印象が、きっと彼女の中で整理されていないのだろう〟と。そしてそのことに対して、あなたが罪悪感を持っているのだ、と」

「…………」

言われて、麻由美は押し黙った。

そう、彼女の脳裡にこびりついている言葉がある。

〝……あんたは、そこから出なくていいから……ずっと――〟

そう言われて、彼女は暗がりの中に身を潜めた。その外では、女と女が争い、怒りに任せた方がもう一方をなぶり殺しにしてしまった。その身体をバラバラにするほど――そしてその凶行を見て、今度は男がその女を刺し殺す――。

「狂気の連鎖、とでもいうような凄惨な状況だったはずだが、知らないのだ、あなた自身はそのことを見ていないから、と――あの探偵は言っていた」

「……後から色々と聞いた話が全然、私の体験と合っていませんでした。だから、大人たちに説明することもできなかった」

麻由美はぼそり、と呟くように言葉を洩らした。

「まあ、状況を当時の警察が判定した主な条件が、すべて死にかけの剣崎峯子本人の証言によるものだったからね。そりゃ当然的外れにもなるだろうね」

千条が、無邪気とも言えるような大きな声で言ったので、さすがに神代警視が口を挟んできた。

「別に、それで捜査を打ち切ったり、中途半端なところで追及をやめたわけでもない。第一、その容疑者自体も確保できていたのだから、どちらにせよこの事件は解決していたのだ。被疑者が死んでいるのだから、事後の処置にも問題はない。発見された青柳栄介の射殺に関しても、彼は殺人犯であり、その危険性が歴然としていたのだから、適切なものだった」

「そうだ――すべては終わっている。終わっていなかったのは、麻由美さん、あなたの心の中だけだ」

伊佐に言われて、麻由美は顔を上げた。

「それさえ終われば、後は我々に説明する必要もない。宙ぶらりんになっていたはずの、おばあさんに対する感謝をあらためて、表立って言うのが必要なら、そうすればいい――」

「…………」

麻由美は少しぼんやりとした表情のままだ。そんな彼女に、宗佑と孝子が心配そうな眼差しを向けてくる。礼治はがっくりとうなだれたまま、昔の自分の過失に苛《さいな》まれ続けているようであった。

「いずれにせよ、最初に言ったようにこれはあくまでも特例ですから」

神代警視が、すっかり沈んでしまっている空気を紛《まぎ》らすように大きな声を上げた。

「特に、このことで今さら誰かを糾弾《きゅうだん》しようとか、警察から注意されるという性質のものではない。地域に貢献されている杜名賀さんに対する特別な、簡易報告程度のものです。話の進展がないのなら、これで終わります」

「おや、もう終わりか？　修羅場はなしか。つまらんな」

釘斗博士が、千条に負けず劣らず場にそぐわない不満そうな声を漏らして、テーブルの上に広げていたミイラの腕を再びケースの中に収めた。

そのとき――伊佐の胸元の携帯電話に着信が生じた。

彼は部屋の外に出て、通話に出た。掛けてきたのは東澱奈緒瀬だった。

〝――伊佐さん、大変です！〟

「なんだ、どうした？」

彼女のただならぬ様子に、伊佐は緊張した。

3

……すっかり黙り込んでしまった杜名賀家の人々が応接間でソファに座り込んでいると、顔色を変えた伊佐が戻ってきて、千条に何やら耳打ちした。千条もうなずいて、この保険会社の調査員コンビは、そのまま部屋の外へ、屋敷の外へとすっ飛んで、どこかへ行ってしまった。

残された神代警視と釘斗博士は、なんだありゃ、という顔で消えた二人の去っていったドアを見つめている。

そして、その博士の前には、杜名賀朋美の遺体の一部が入っているケースが置かれている。

（…………）

それを見つめながら、麻由美はまだぼんやりと考えている——

男に贈られたもので、おそらくは唯一残っていたブローチ。

それを揉み合っている内に引きちぎられて取られてしまったことが、剣崎峯子を激昂させた。

だから彼女は、相手をバラバラにしてまで、それを取り返そうとした。

だが——それを見て、彼女のことが怖くなった青柳栄介に刺されて、そこでおそらくは、剣崎峯子はやっと我に返ったのだろう——自分の浅ましさが自分でも恐ろしくなった。だから、そのブローチを、握っていた腕ごと、

（隠した——誰にも見つからないように）

そして死んだ。死んだことで隠蔽《いんぺい》はより完全になった。しかしそれを、二十年後になってあの探偵が見つけてしまった訳だ。

だが、あの探偵はどこまで彼女の心の奥を見通したのだろう？

彼女が、ほんとうに悪いと思っている相手、感謝したくてもできないままの相手——それは必ずしも

祖母だけではない。

　そう、それは――

（私を連れて、山から下ろしてくれた――あの男の人）

　その名前が青柳栄介というのだと、それはだいぶ後になって知った。彼女が覚えているのは、家の近くまで来たところで、癇癪《かんしゃく》を起こした彼女がその手を振り払い、そして逃げてしまったという事実だけだった。彼女は家に潜り込むようにして入り、そして祖母がいなくなったという騒ぎの中で、彼女が寝床から消えていたということは誰にも知られなかった。

　彼は、警官に発見されたときは一人だったという。そして祖母の首さえ持っていたのだと――しかしそれは、

（単純に〝この人を家族のところに戻してあげなきゃ〟という気持ちだけだったに違いない）

　そのことを彼女は、彼女だけは知っている。

　残虐な殺人鬼が、最期の最後では子供を助けたのだということを、知っている――。

　みんなの言っていることは間違いで、正しいことは別にあるのに、しかしそのことはどうにもうまく言えない――彼女の心の中に引っかかっていることは、実にそのことであった。

「…………」

　そうやってぼんやりしていると、彼女も含む杜名賀家の者たちに向かって神代警視が向き直り、

「では、我々はこれで――」

と一礼して、それから退出していった。するとその客たちが帰るときを待っていたのだろう、ドアから明彦が顔を覗かせた。

「あのう、ママ――もういいの？」

とおずおずと声を掛けてきたので、彼女は立ち上がって息子のところに行った。

「なあに、明彦」

厳しい声で叱りつけるような気分にはなれなかっ

たし、そういう状況でもなかった。しかし彼女はどんな顔をして、この息子に接すればいいのかもよくわからなかった。

するとと息子は一枚の封筒を差し出してきた。

「これ、ママにって。あの探偵のおっさんが渡してくれって」

「え？」

言われて、麻由美はそれを受け取って、開いた。

そこにはわずかに、

〃あんたを助けようと、
皆は努力しただけだ。
あんたが生きてることが、
答えのすべてだ〃

としか書かれていなかった。

「…………」

麻由美は他にも何か書いていないかと思って紙を裏返しにしてみたりもしたが、やはりそれ以上は何も書いていない。

彼女は少しのあいだ無言だったが、やがてぷっ、と噴き出すと、そのまま腹を抱えて大笑いを始めた。

「あ、あのひと——本当に自分じゃ何にも決めてくれないのね……！　それが探偵の仕事っていう訳なの？　ずいぶんといい加減ね——」

いつまでもいつまでも笑っている彼女を、杜名賀家の人々は啞然として見つめていた。

＊

「——おい、サーカムの二人はどこに行った？」

玄関から外に出た神代は、そこに警備に立っていた部下に鋭い声で訊ねた。

「えと、禿猿山の方向に車で、すごい勢いで——少し前にはあの早見壬敦という探偵も来ていましたが、その後を追ったみたいです」

警官は戸惑いつつも答え、神代はうなずいた。

「わかった、ありがとう」

そして自分も、車の中に入る。そして懐から携帯電話を出して、登録していないらしいやけに長い番号を押して、どこかへと掛けた。それは彼が日常、エリートキャリアとしての生活で接している警察でも公的機関でもない、まったく別のなにかへと通じているようだった。

「――ああ私だ。そうだ、あのお方の仰《おっしゃ》る通りらしい――早見壬敦には曖昧だが、MPLS傾向らしきものが見られる――うむ、ああわかっている。伊佐俊一も同じようにマークする必要があるだろう。彼と早見には、なにか共感し合うものがあったようだ――引き続き、機会を待つ……」

*

「……あー、暑い――」

早見壬敦は、夏の陽射しが照りつける山道を、とぼとぼと頼りない足取りで歩いていた。

さっきまでは一応しめていたネクタイもすっかりゆるめられて、だらしなく胸元で揺れている。

「暑いな、まったく――」

そして野良犬のように、はあはあと荒い息を漏らしている口に、コンビニで買ったアイスバーを突っ込んでは、がりがりと齧っている。

雲が、空の上をかなりの速さで流れていく。その速さに比例する強い風が、びゅう、と山の中を吹き抜けていく。しかしその風もまた熱を持っていて、まったく涼しくない。

ざわざわざわ……と雑草の茂みが熱風に揺られて鳴る。

「なあ、そう思わないか……ていうか、本当にそんな格好してて、暑くないのか？」

早見は茂みに向かって話しかけた。

茂みの揺れがおさまり、その向こうにあった影が、はっきりとしたシルエットをそのときに見せた。

それは銀色をしていて、そしてこの暑いのにコートなどを着込んでいた。

「――だから言っただろう。空気の流れがあれば、そんなでもないんだよ」

銀色のそいつは、相変わらずの静かな口調で、いきなり話しかけてきた早見に自然な返事をした。

「いると思ったよ――なあ、アメヤさん」

早見は、特に相手の立っている茂みには寄ろうとせずに、そのまま話しかけた。

「なんだい？」

「あんたは、ほんとうに俺には何にも訊くことはないのか？」

「そうだね――興味はないわけでもないが、しかしそれを君に直接訊ねようとは思わないな。そう――あの伊佐くんと同じようにね」

彼は穏やかに微笑んでいる。

「君たちがこれから誰と出会い、どんな風にその人たちと接することになるのか――そっちの方が、君たち自身よりもずっと興味深い」

それを聞いて、早見は片眉を上げた。

「なんだか、一生懸命にタップダンスを踊っているのに、客には芸より顔の化粧が歪んでることばかり気にされるピエロみたいな気分だな――と言って馬鹿にしてるわけでもないんだろ？」

「それはどうかな？」

彼はおどけたような口調で言って、そしてウインクした。早見は苦笑した。

「まあ――確かにちょっと意地悪な感じはするけどな」

「君は自分が、世界から空回りしている道化のように思うのかい？」

「かもな。……しかしアメヤさんよ、別にあんたは俺のことを知りたいわけではないんだろ？」

「そうだね。その通りだ」

彼はあっさりと言い、そしてうなずきながら、

「――知りたいのは、君自身の方なんだからな」

と言った。

その言葉は、前にもこの二人の間で交わされたものである。訊きたいことがあるのは、果たして二人の内どちらなのか。どちらの方に、この出会いを招く必然性があったのか。

「………」

早見は少し眼を伏せた。だが、すぐに視線を戻して、そして言った。

「なあ――あんたはつまり、要はその……人間じゃないんだろう？」

その問いに、彼の方は微笑むだけで答えないが、しかし否定もしない。

そして早見の方も、彼の答えなど待たない。そのまま問いかけを続ける。他人には聞こえるはずのない異音を聴くことができる彼は、

「人間じゃないあんたから俺を見たら、どうなんだ？　俺は――」

と一瞬だけ口ごもり、しかし、

「俺は――人間じゃないのか？」

と、言い切った。

そして問われた彼は、変わらぬ笑みを崩さないままだ。

風が鳴っている。

山道を、むやみに熱いものが吹き過ぎていく。

しばらくそのまま、永遠に等しいような、しかしほんの刹那《せつな》でしかないような、どうとでも取れる時間が流れた。

やがて、彼は口を開いた。

「人間と、そうでないものの境界線――どこまでが人なのか、どこからが人でないのか、それを決める

のは所詮、人自身だ。君は人をどう思っている？」

「……え？」

「人というのはどこまで広がっていけるものだと思う？　自分がそこに入っているかどうかは、この際置いておこう――君の思う〝人間〟とはどこまでの深みを、その可能性を持つものなんだい？」

「…………」

問われて、早見はしばし絶句して、それからバツが悪そうに、

「……考えたこともなかった」

と素直に言った。

それを聞いて、彼は笑った。それはなんの屈託もない、透明な笑いだった。そして笑ったまま、彼は、

「人間には過去も未来もあるのだろうが、君たちにあるのは現在だけだ――君の悩みとやらも、そこから一歩も外に出ていないようだな」

と、からかうように言った。


そして強まる風に、茂みの中にいるその姿が見えにくくなっていく。

「返す言葉もないな――俺たちって、やっぱり怠《なま》けてるのかな？」

早見が訊いても、返ってくるのは笑い声だけだ。仕方ないので、早見が、

「なあ――あんたはこれから、どこに行くんだ？」

と訊いてみると、意外なことに答えはきちんと返ってきた。

「それを知りたいのは、むしろ私の方だ――世界と、人と、生命がもたらすものの意味と――君たちがその関係をどう思っているのか――それが私の興味の対象なのだから」

そして――風がやんだ。

茂みのざわめきも、それと共に止まる。

その向こうには、もうなんのシルエットも存在していなかった。

「…………」

早見がその場にぼんやりと立っていると、さっきから聞こえ始めていたそれ——車のエンジン音がさらに強まって、どんどん近づいてきた。

「——やれやれ、忙しいこった」

とぼやくように言う早見の前で、その猛スピードで駆けつけてきた車が急停止した。

飛び出してきたのは、もちろん彼の動向をずっと部下に見張らせていた妹——奈緒瀬だった。

「——お兄さま！」

「なんだ、あんまり怒鳴ると美容に悪いぞ」

彼の軽口にも、奈緒瀬はもう応じずに、さらに大声で訊ねた。

「あなたは、今——いったい誰と話していたんですか!?」

「さて——おまえにゃ誰に見えたのかな？」

とぼけたように言う、その言葉がすでに答えになっていた。

それは見る者によって、その姿を変えてしまうのだという——。

「…………！」

奈緒瀬の顔に一瞬、ものすごい苛立ちが露になったが、彼女はそのまますぐに車に戻り、そして再発進させた。

「この——くそ兄貴が！」

怒鳴る声が、車の外にまできちんと聞こえた。

そして続いて何台もの車が通過していく。その中に、あの伊佐俊一と千条雅人が乗っている車を見つけた早見は、かるく手を上げて挨拶しようとしたが、向こうはこっちを見ておらず、あっという間に走り去っていった。それどころか、奈緒瀬が手配させたらしいヘリコプターまでもが山に飛来して、この周辺にいるはずのそいつを捜し始めた。ローター音が風の音とは比較にならない大きさで鳴り響く。

その場がにわかに賑《にぎ》やかになっていくのに対して、早見は苦笑いを浮かべながら、のんびりとした足取りで山を下り始めた。

夏の空には入道雲がもくもくと湧いていたが、その下で雨が降り出す気配はなかった。
雷鳴も、取りたてて聞こえてはこない——。

"Phantasm Phenomenon of Memoria-Noise"
closed.

あとがき――耳障《ざわ》りな、心残りの音色

嫌なことはすぐ忘れられるという人がうらやましい。僕はとにかく、ひねくれ根性が染《し》みついているせいで人から誉《ほ》められても素直に喜べない癖《くせ》に、嫌なことを言われるといつまでもそれを気にしてクヨクヨしている。あまりにも気にするものだから誰に言われたかという肝心《かんじん》のことの方はすっかり忘れてしまって、みんながそう言っているに違いないとか思い込む。しまいには自分に言われたことではない、別の人に対する悪口を耳に挟んでも、ああ、あれは自分にも当てはまることだ、いやむしろ俺の方がもっとそうに違いないのだとか考え込んで、意味もなくブルーになる。しかしやっぱり誰が誰にそう言ったのかということの方はよく覚えていない。ただ、悪口だけが宙にふわふわと浮いているみたいな感触だけがある。その声のこだまだけがいつまでも反響しているような――直接のその声と言うよりも、そこに込められた悪意とか敵意だけが響いている、みたいな。

あなたの忘れられない言葉はなにか、とか訊《き》かれても私の場合、そういう訳で即答に困る。大抵《たいてい》は自分に対する悪口が忘れられないのであって、質問が求めている良い意味での言葉は、ちょっと思いつけないからである。ちなみに一番忘れられない言葉は某新人賞に落ちたときの選評で〝小説としてはあまりにも未熟〟とかなんとか言われたことであり、これは誰かに直接言われたんじゃなくて本に書いてあるのを読んだ訳で、しかも合評《がっぴょう》だったので何人かおられた選考委員先生方の誰に言われたのかさえわからないのだが、なんか——本当に言われたみたいな気持ちがして、その「はん」と鼻で笑われるみたいな投げやりな口調までもがなんとなくイメージに残っているのだが、実にこれは完全なる幻聴であって、思いこみ以外の何物でもない。しかし印象は強烈である。そこには決定的な現実と自分の精神の間のズレがあるのだが、もしかすると人の思い出の中で忘れられないことというのは、こういう風に捏造《ねつぞう》されたものばかりなのではないか、と勝手に思い込んでいる。それにどんな意味があるのかは人それぞれで他人には窺《うかが》い知れないことだが、それでも現実があって、思い出があるのと同じくらいの比重で、実在しない妄想の思い出が、現実の世界に影響を与えているような、そういう積み重ねが今の世の中を創《つく》っているようなーーそんな気がしてならない。文明とか歴史というのは究極の思いこみに過ぎないのではないか、とか。

それはいつだって、我々の耳元で囁《ささや》き続けているのかも知れない——〝そういうものだからさ〟とか〝ああ、そうじゃないのに〟とか〝そんなことしても無駄だよ〟とか——そういう声がこの世界には充満していて、僕らはその中で息が詰まりそうである。自分が直接は見たことも聞いたこともないはずの、もっともらしい積み上げられた真実がたくさんあって、しかしそれらはどれもこれもが微妙に歪《ゆが》んでいて嚙み合わない。正しいことの裏側にはいつだって悪意が張り付いているし、どう考えても悪いとしか思えないはずのことにも、それらしい正義が付きまとって離れない。正当な理由のない戦争は過去にも今にも存在したことがないが、無数の人の生命と同等の価値のある正しい理由などあるはずもない。しかしそのふたつの事実は同時にこの世に存在していて、その間で鳴り響く不協和音に僕らはただ、途方に暮れているだけだ。助けを求めても、その悲鳴はどこにも届かないで、世にあふれかえった雑音の中に掻《か》き消されていく。

自分の声を正しく聞いている人間はいない。録音された己《おのれ》の声に違和感を持たない者はいない。発声が頭蓋骨《ずがいこつ》で反響しているからだ、という事実以上に、それは僕らが自分が何を言っているのか一々覚えていられず、過去はすべて自分の中で改変されていくからではないだろうか。自分にとって都合のいいように言葉の印象を変えて記憶しているから、我々はいつだって簡単に他人に〝そんなつもりで言ったんじゃなくて〟と言うことができるのだ。自分はいつも正しいことを言っていると思いたい我々にとってそれは無理からぬことであるが、しかし——とも思う。常に過去を改変しながら生きていく僕らにとっての真実というのはなんなんだろう？　そんなもの、あってもなくても同じようなものじゃないのだろうか？　だが人は、いつだってその人にはその人の正しさがあると思って接するしかなく、自分の中にない正しさを誰かに見つけようとしては、その誰かから逆に正しさを求められて戸惑い続けるのが、世界に生きるということ――なのかも知れない。誰かに助けを求められて、探偵は事件に挑んで謎を解くが、逆に謎の方からも〝しかし、それにしてもこんなに込み入ったことを解かずにはいられないあなたというのは一体何なんでしょうね？〟と訊かれ続けているのだと思うと、気取っている彼らの中にこそ、助けを求める何者かの声が聞こえるような気がするのだが、これこそ幻聴なのかも知れない。救いが必要なのは、はたして謎と真理のどちらなのか――しかしながらこういった答えはそれこそフィクション作品の上では作家は決してはっきりさせませんので、ええそりゃもう。絶対に。どんなにハンパであろうとも、です。それこそそいつは現実の話ですから。以上。

（頑迷なのに不明瞭。これも愚痴？　ま、わかってんですけどね、すいません）
（だから、そんなら書くなっつーの……）

BGM "HELP ME, RONDA" by THE BEACH BOYS

上遠野浩平　著作リスト（2005年10月現在）

1ブギーポップは笑わない　電撃文庫（メディアワークス　1998年2月）
2ブギーポップ・リターンズVSイマジネーター　PART1　電撃文庫（メディアワークス　1998年8月）
3ブギーポップ・リターンズVSイマジネーター　PART2　電撃文庫（メディアワークス　1998年8月）
4ブギーポップ・イン・ザ・ミラー「パンドラ」　電撃文庫（メディアワークス　1998年12月）
5ブギーポップ・オーバードライブ　歪曲王　電撃文庫（メディアワークス　1999年2月）
6夜明けのブギーポップ　電撃文庫（メディアワークス　1999年5月）
7ブギーポップ・ミッシング　ペパーミントの魔術師　電撃文庫（メディアワークス　1999年8月）
8ブギーポップ・カウントダウン　エンブリオ浸蝕　電撃文庫（メディアワークス　1999年12月）
9ブギーポップ・ウィキッド　エンブリオ炎生　電撃文庫（メディアワークス　2000年2月）
10殺竜事件　講談社ノベルス（講談社　2000年6月）
11ぼくらは虚空に夜を視る　徳間デュアル文庫（徳間書店　2000年8月）
12冥王と獣のダンス　電撃文庫（メディアワークス　2000年8月）
13ブギーポップ・パラドックス　ハートレス・レッド　電撃文庫（メディアワークス　2001年2月）
14紫骸城事件　講談社ノベルス（講談社　2001年6月）

15わたしは虚夢を月に聴く　徳間デュアル文庫（徳間書店　2001年8月）
16ブギーポップ・アンバランス　ホーリィ&ゴースト　電撃文庫（メディアワークス　2001年9月）
17ビートのディシプリン　SIDE1　電撃文庫（メディアワークス　2002年3月）
18あなたは虚人と星に舞う　徳間デュアル文庫（徳間書店　2002年9月）
19海賊島事件　講談社ノベルス（講談社　2002年12月）
20ブギーポップ・スタッカート　ジンクス・ショップへようこそ　電撃文庫（メディアワークス　2003年3月）
21しずるさんと偏屈な死者たち　富士見ミステリー文庫（富士見書房　2003年6月）
22ビートのディシプリン　SIDE2　電撃文庫（メディアワークス　2003年8月）
23機械仕掛けの蛇奇使い　電撃文庫（メディアワークス　2004年4月）
24ソウルドロップの幽体研究　祥伝社ノン・ノベル（祥伝社　2004年8月）
25ビートのディシプリン　SIDE3　電撃文庫（メディアワークス　2004年9月）
26しずるさんと底無し密室たち　富士見ミステリー文庫（富士見書房　2004年12月）
27禁涙境事件　講談社ノベルス（講談社　2005年1月）
28ブギーポップ・バウンディング　ロスト・メビウス　電撃文庫（メディアワークス　2005年4月）
29ビートのディシプリン　SIDE4　電撃文庫（メディアワークス　2005年8月）
30メモリアノイズの流転現象　祥伝社ノン・ノベル（祥伝社　2005年10月）

トーマス・マンの引用は佐藤晃一訳（筑摩書房刊）に基づきました。

——作者

ノン・ノベル百字書評

キリトリ線

なぜ本書をお買いになりましたか（新聞、雑誌名を記入するか、あるいは○をつけてください）

- □（　　　　　　　　）の広告を見て
- □（　　　　　　　　）の書評を見て
- □ 知人のすすめで
- □ タイトルに惹かれて
- □ カバーがよかったから
- □ 内容が面白そうだから
- □ 好きな作家だから
- □ 好きな分野の本だから

いつもどんな本を好んで読まれますか（あてはまるものに○をつけてください）

●**小説**　推理　伝奇　アクション　官能　冒険　ユーモア　時代・歴史　恋愛　ホラー　その他（具体的に　　　　　　）

●**小説以外**　エッセイ　手記　実用書　評伝　ビジネス書　歴史読物　ルポ　その他（具体的に　　　　　　）

その他この本についてご意見がありましたらお書きください

最近、印象に残った本をお書きください		ノン・ノベルで読みたい作家をお書きください	

1カ月に何冊本を読みますか	冊	1カ月に本代をいくら使いますか	円	よく読む雑誌は何ですか	

住所					
氏名		職業		年齢	
Eメール	※携帯には配信できません	祥伝社の新刊情報等のメール配信を 希望する・しない			

あなたにお願い

この本をお読みになって、どんな感想をお持ちでしょうか。

この「百字書評」とアンケートを私までいただけたらありがたく存じます。個人名を識別できない形で統計処理したうえで、今後の企画の参考にさせていただくほか、作者に提供することがあります。

あなたの「百字書評」は新聞・雑誌などを通じて紹介させていただくことがあります。その場合はお礼として、特製図書カードを差しあげます。

前ページの原稿用紙（コピーしたものでも構いません）に書評をお書きのうえ、このページを切り取り、左記へお送りください。電子メールでもお受けいたします。なお、メールの場合は書名を明記してください。

〒一〇一―八七〇一
東京都千代田区神田神保町三―六―五
九段尚学ビル　祥伝社
NON　NOVEL編集長　辻　浩明
☎〇三（三二六五）二〇八〇
nonnovel@shodensha.co.jp

NON NOVEL

「ノン・ノベル」創刊にあたって

「ノン・ブック」が生まれてから二年一カ月、ここに姉妹シリーズ「ノン・ノベル」を世に問います。

「ノン・ブック」は既成の価値に〝否定《ノン》〟を発し、人間の明日をささえる新しい喜びを模索するノンフィクションのシリーズです。

「ノン・ノベル」もまた、小説《フィクション》を通して、新しい価値を探っていきたい。小説の〝おもしろさ〟とは、世の動きにつれてつねに変化し、新しく発見されてゆくものだと思います。

わが「ノン・ノベル」は、この新しい〝おもしろさ〟発見の営みに全力を傾けます。

ぜひ、あなたのご感想、ご批判をお寄せください。

昭和四十八年一月十五日

NON・NOVEL編集部

NON・NOVEL—805

長編新伝奇小説　メモリアノイズの流転現象《るてんげんしょう》

平成17年10月20日　初版第1刷発行

著　者　上《か》遠《ど》野《の》浩《こう》平《へい》

発行者　深澤健一

発行所　祥《しょう》伝《でん》社《しゃ》

〒101—8701

東京都千代田区神田神保町 3-6-5

☎03(3265)2081(販売部)

☎03(3265)2080(編集部)

☎03(3265)3622(業務部)

印　刷　堀内印刷

製　本　ナショナル製本

ISBN4-396-20805-7 C0293

長編推理小説 臨時特急「京都号《サロンエクスプレス》」殺人事件 西村京太郎

長編推理小説 飛騨高山に消えた女 西村京太郎

長編推理小説 尾道に消えた女 西村京太郎

長編推理小説 萩《はぎ》・津和野《つわの》に消えた女 西村京太郎

長編推理小説 殺人者は北へ向かう 西村京太郎

長編推理小説 伊豆下賀茂《しもがも》で死んだ女 西村京太郎

長編推理小説 十津川警部 十年目の真実 西村京太郎

長編推理小説 殺意の青函《せいかん》トンネル 西村京太郎

長編推理小説 東京発ひかり147号 西村京太郎

長編推理小説 十津川警部「初恋」 西村京太郎

長編推理小説 十津川警部「家族」 西村京太郎

長編推理小説 十津川警部「故郷」 西村京太郎

長編本格推理小説 小京都 伊賀上野殺人事件 山村美紗

長編本格推理小説 愛の摩周湖殺人事件 山村美紗

長編冒険推理小説 誘拐山脈 太田蘭三

長編山岳推理小説 奥多摩殺人渓谷 太田蘭三

長編山岳推理小説 殺意の北八ヶ岳 太田蘭三

長編推理小説 闇の検事 太田蘭三

長編推理小説 顔のない刑事〈十八巻刊行中〉 太田蘭三

長編推理小説 摩天崖《まてんがい》 警視庁北多摩署特別出動 太田蘭三

長編本格推理小説 終幕《フィナーレ》のない殺人 内田康夫

長編本格推理小説 志摩《しま》半島殺人事件 内田康夫

長編本格推理小説 金沢《かなざわ》殺人事件 内田康夫

長編本格推理小説 喪《うしな》われた道 内田康夫

長編本格推理小説 鯨の哭《な》く海 内田康夫

長編本格推理 死者の配達人 森村誠一

長編ホラー・サスペンス 夢魔《ナイトメア》 森村誠一

長編本格推理 南紀・潮岬《しおのみさき》殺人事件 梓林太郎

長編本格推理 越前《えちぜん》岬《みさき》殺人事件 梓林太郎

長編本格推理 薩摩半島 知覧《ちらん》殺人事件 梓林太郎

長編本格推理 最上川《もがみがわ》殺人事件 梓林太郎

長編本格推理 緋色の囁《ささや》き 綾辻行人

長編本格推理　暗闇の囁き　綾辻行人

長編本格推理　黄昏《たそがれ》の囁き　綾辻行人

ホラー小説集　眼球綺譚《きたん》　綾辻行人

長編本格推理　霧越《きりごえ》邸殺人事件　綾辻行人

長編本格推理　一の悲劇　法月綸太郎

長編本格推理　二の悲劇　法月綸太郎

長編本格推理　黒祠《こくし》の島　小野不由美《ふゆみ》

長編本格推理　紫《むらさき》の悲劇　太田忠司

長編本格推理　紅《べに》の悲劇　太田忠司

本格推理コレクション　ベネチアングラスの謎　霞田志郎の推理　太田忠司

長編本格推理　藍《あい》の悲劇　太田忠司

長編新本格推理　ナイフが町に降ってくる　西澤保彦

本格推理コレクション　謎亭論処《めいていろんど》　匠千暁《たくみちあき》の事件簿　西澤保彦

長編本格推理　扉は閉ざされたまま　石持浅海《いしもちあさみ》

長編本格推理　羊の秘《ひ》　霞《かすみ》 流一《りゅういち》

長編連鎖ミステリー　屋上物語　北森 鴻《こう》

長編本格歴史推理　金閣寺に密室《ひそかむろ》　とんち探偵一休さん　鯨統一郎《くじらとういちろう》

本格時代推理　謎解き道中　とんち探偵一休さん　鯨統一郎

本格推理小説　なみだ研究所へようこそ!　サイコセラピスト探偵 波田煌子　鯨統一郎

長編本格歴史推理　まんだら探偵 空海 いろは歌に暗号《かくしごと》　鯨統一郎

天才・龍之介がゆく! 痛快本格ミステリー　殺意は砂糖の右側に　柄刀《つかとう》 一《はじめ》

天才・龍之介がゆく! 痛快本格ミステリー　幽霊船が消えるまで　柄刀 一

天才・龍之介がゆく! 本格痛快ミステリー　十字架クロスワードの殺人　柄刀 一

天才・龍之介がゆく! 本格痛快ミステリー　殺意は青列車《ブルートレイン》が乗せて　柄刀 一

推理小説　かしくのかじか　明治なんぎ屋探偵録　浅黄《あさぎ》 斑《まだら》

長編本格推理　鬼女《きじょ》の都　菅《すが》 浩江《ひろえ》

音楽ミステリー　歌の翼に　ピアノ教室は謎だらけ　菅 浩江

長編サスペンス　陽気なギャングが地球を回す　伊坂幸太郎

長編推理小説　弔《とむら》い屋　本間香一郎《ほんまこういちろう》

長編グルメ・ミステリー　京都「新懐石」殺人事件　金久保茂樹

長編旅情ミステリー　遠州《えんしゅう》姫街道殺人事件　木谷恭介

推理アンソロジー　絶海　恩田 陸　歌野晶午　西澤保彦　近藤史恵

長編伝奇小説　竜の柩《ひつぎ》　高橋克彦
長編伝奇小説　新・竜の柩　高橋克彦
長編伝奇小説　霊《たま》の柩　高橋克彦
長編歴史スペクタクル　紅塵《こうじん》　田中芳樹
長編歴史スペクタクル　奔流《ほんりゅう》　田中芳樹
長編新伝奇小説　夜光曲　薬師寺涼子の怪奇事件簿　田中芳樹
サイコダイバー・シリーズ①②③　魔獣狩り〈全三巻〉　夢枕　獏
サイコダイバー・シリーズ④　魔獣狩り外伝（聖母隠陀羅編《せいぼいんだらへん》）　夢枕　獏

サイコダイバー・シリーズ⑤⑥　魔性菩薩《ぼさつ》〈上・下〉　夢枕　獏
サイコダイバー・シリーズ⑦　美空曼陀羅《びくうまんだら》　夢枕　獏
サイコダイバー・シリーズ⑧⑨　魍魎《もうりょう》の女王〈上・下〉　夢枕　獏
サイコダイバー・シリーズ⑩⑪　黄金獣〈上・下〉　夢枕　獏
サイコダイバー・シリーズ⑫　呪禁道士《じゅごんどうし》（憑霊狩り）　夢枕　獏
サイコダイバー・シリーズ⑬〜㉑　新・魔獣狩り〈九巻刊行中〉　夢枕　獏
長編新格闘小説　牙鳴り　夢枕　獏
長編小説　牙の紋章　夢枕　獏

マン・サーチャー・シリーズ①〜⑨　魔界都市ブルース〈九巻刊行中〉　菊地秀行
魔界都市ブルース　魔王伝〈全三巻〉　菊地秀行
魔界都市ブルース　死人機士団《しびときしだん》〈全四巻〉　菊地秀行
魔界都市ブルース　緋《ひ》の天使　菊地秀行
魔界都市ブルース　ブルーマスク〈全二巻〉　菊地秀行
魔界都市ブルース　〈魔震〉戦線〈全二巻〉　菊地秀行
魔界都市ブルース　シャドー"X"　菊地秀行
魔界都市ブルース　魔剣街　菊地秀行

魔界都市ブルース　紅《くれない》秘宝団〈全二巻〉　菊地秀行
魔界都市ブルース　青春鬼〈四巻刊行中〉　菊地秀行
魔界都市ブルース　闇の恋歌《こいうた》　菊地秀行
NON時代伝奇ロマン　しびとの剣〈三巻刊行中〉　菊地秀行
魔界都市ノワール　媚獄王《びごくおう》　菊地秀行
魔界都市ノワール　魔香録《まこうろく》　菊地秀行
長編超伝奇小説　退魔針《たいましん》〈二巻刊行中〉　菊地秀行
長編超伝奇小説　ドクター・メフィスト　夜怪公子《やかいこうし》　菊地秀行

NON NOVEL

長編超伝奇小説 龍の黙示録〈四巻刊行中〉 篠田真由美
長編冒険ファンタジー 少女大陸 太陽の刃《やいば》、海の夢 柴田よしき
長編ハイパー伝奇 呪禁官《じゅきんかん》〈二巻刊行中〉 牧野 修
長編新伝奇小説 ソウルドロップの幽体研究 上遠野《かどの》浩平
長編新伝奇小説 血文字GJ《ジー・ジェイ》 猫子爵冒険譚 赤城《あかぎ》 毅《つよし》
長編新世紀《ミレニアム》ホラー レイミ 聖女再臨 戸梶《とかじ》圭太《けいた》
長編時代伝奇小説 真田三妖伝《さなださんようでん》〈シリーズ三巻刊行中〉 朝松 健
愛蔵版 黒豹全集 既刊26冊 門田泰明

特命武装検事・黒木豹介 黒豹キル・ガン 門田泰明
特命武装検事・黒木豹介 黒豹ダブルダウン〈全七巻〉 門田泰明
長編極道小説 女喰《ぐ》い〈十八巻刊行中〉 広山義慶
長編求道小説 破戒坊《はかいぼう》 広山義慶
長編求道小説 悶絶禅師《もんぜつぜんじ》 広山義慶
長編悪党サラリーマン小説 裏社員〈凌虐《りょうぎゃく》〉 南 英男
長編クライム・サスペンス 嵌《は》められた街 南 英男
長編クライム・サスペンス 理不尽《りふじん》 南 英男

長編ハード・ピカレスク 毒蜜 裏始末 南 英男
ハード・ピカレスク小説 毒蜜 柔肌《やわはだ》の罠 南 英男
長編ハードボイルド 沸点 汚された聖火 小川竜生《たつお》
エロティック・サスペンス たそがれ不倫探偵物語 小川竜生
情愛小説 熱《いき》れ 神崎京介
長編情愛小説 性懲《しょうこ》り 神崎京介
制圧攻撃機出撃す⑥ 極北に大隕石《いんせき》を追え 大石英司
長編冒険小説 冥氷《めいひょう》海域 オホーツク「動く要塞」を追え 大石英司

長編超級《メガ》サスペンス ゼウス ZEUS 人類最悪の敵 大石英司
長編活劇ロマン 上海禁書《シャンハイノワール》 島村 匠《しょう》
長編ハード・バイオレンス 跡目《あとめ》 伝説の男・九州極道戦争 大下英治
長編サイエンス・ホラー 滅びの種子 釣巻礼公
恋愛小説 オルタナティヴ・ラヴ 藤木 稟《りん》
恋愛小説 エターナル・ラヴ 藤木 稟
伝奇アンソロジー 鬼《き》・鬼《き》・鬼 高橋克彦 藤木 稟 加門七海
ホラー・アンソロジー 紅《あか》と蒼《あお》の恐怖 菊地秀行他